UN SEUL ÊTRE VOUS MANQUE

www.lemasque.com

SONIA CADET

UN SEUL ÊTRE VOUS MANQUE

Couverture et conception graphique : Louise Cand

ISBN : 978-2-7024-4922-6

© 2019, éditions du Masque,
un département des éditions Jean-Claude Lattès.

Sonia Cadet est née à La Réunion en 1971. Elle vit à Saint-Paul, sur la côte ouest de l'île. Elle est cadre dans la fonction publique territoriale. *Un seul être vous manque* est son premier roman.

« Si je t'ai blessé, c'est que ta blessure est aussi la mienne. Alors, ne m'en veux pas. Je suis un être inachevé. Bien plus que tu ne le crois. »

Haruki Murakami, *La Ballade de l'impossible*

1

Il est là. Allongé sur le parquet. Inerte.
Le cerveau d'Augustine refuse l'image. Non. C'est impossible.
La vieille femme ne crie pas. Son plateau lui échappe. La tasse chute et le café éclabousse le bas de sa robe noire.
Non. Pas lui.
Le prénom de l'homme remplace le respectueux « Monsieur » qu'elle utilise depuis toujours. Ses articulations protestent quand elle s'agenouille. Le contact de la peau. Une froideur qu'Augustine reconnaît. Ses doigts se rappellent d'autres mains glacées par la mort. Son deuil permanent témoigne de son respect pour ses disparus : parents, frère, sœurs, époux. Tous partis sans bouleverser sa vie. Dieu a rappelé à lui ces malheureux, qui est-elle pour trouver à y redire ?
La vue de ce corps provoque chez elle un déchirement qu'elle ne connaît pas encore. Augustine expérimente la douleur de la mère qui perd un enfant.
À son entrée au service des Baron, presque un demi-siècle en arrière, son affection s'était portée sur le garçon de sept ans. À l'époque, la mère d'Yves allait accoucher de son second fils, François. La nénène avait rapidement trouvé sa place dans la vie de l'aîné, dont le regard grave

l'intriguait. Elle-même n'avait pas encore mis au monde ses filles. Des années plus tard, les deux lui reprocheraient d'aimer Yves Baron comme son propre enfant. Un amour s'exprimant à leur détriment, leur semblait-il.

Les rideaux tirés arrêtent le soleil scandaleusement éclatant. Dans un angle, une lampe projette une lumière diffuse de chambre funéraire. La climatisation distille une fraîcheur de caveau. Un frisson sort Augustine de son engourdissement. Prévenir Madame. Elle se relève.

Dès le seuil, la chaleur étouffante la happe. Une vingtaine de mètres séparent la dépendance – le bureau du maître de maison – et la villa de style créole. Augustine les parcourt. Le décor jure avec la noirceur de ses pensées. Les teintes agressives du jardin. Les piaillements incongrus des oiseaux. La culpabilité s'insinue dans ses pensées. N'aurait-elle pas dû pressentir ce malheur ? Elle prétend aimer Yves Baron comme son fils. Une mère dort-elle pendant que son enfant est en train de mourir ?

Hier, pas d'indice pour lui suggérer qu'elle le voyait vivant pour la dernière fois. Ce matin, pas d'inquiétude tandis qu'elle marchait vers son bureau où il lui arrivait de passer la nuit. Le silence, en réponse à son coup discret à la porte, avait intrigué Augustine. Yves Baron se levait chaque jour aux aurores. La pièce était plongée dans une semi-pénombre, vide en apparence. Et là, par terre, ce corps.

Un sanglot tente une échappée et bute contre ses lèvres serrées. Furieux, il rebrousse chemin, malmenant sa gorge. La cuisine, à l'arrière de la maison, offre à Augustine son chambranle pour appui. L'air refuse d'emprunter sa trachée. Elle navigue entre les amoncellements de vaisselle sale, vestiges de la réception donnée par les Baron la veille. Reste le séjour à traverser. Augustine débouche sur la terrasse, suspendue au-dessus du vide. Carole Baron a déserté la table où elle s'était installée pour le petit-déjeuner. Où est-elle passée ?

Augustine scrute le jardin en contrebas. La quinquagénaire a marché jusqu'au bassin. Des assiettes et des verres traînent encore sur les tables disséminées dans les espaces gazonnés. Ce laisser-aller ne préoccupe pas la maîtresse de maison. Son attention se porte sur les orchidées que la centaine d'invités aurait pu abîmer en déambulant la nuit précédente. Agrippée à la balustrade, Augustine ne parvient qu'à émettre un son rauque dans sa direction.

Carole se retourne. Effrayée par l'air hagard de la vieille bonne, elle se hâte vers les marches menant à la terrasse. Elle a un malaise, pense-t-elle, ça devait arriver. À soixante-sept ans, Augustine ne s'économise pas. La retraite ? Elle ne veut pas en entendre parler. La retraite ? C'est se couper de ceux qui composent son univers. Ses filles ont fui La Réunion et leur mère supposée mal aimante. Elle n'a plus personne à part les Baron.

Carole s'accroupit près de la vieille femme qui s'est laissé glisser sur le sol.

— J'appelle un médecin, ne bougez pas...

— Monsieur... dans le bureau... mort, balbutie Augustine, tandis que sa patronne se relève déjà.

Un décrochage dans la poitrine de Carole. Un appel d'air. Son cœur a pris la mesure de l'information avant sa tête.

Elle court jusqu'à la dépendance, se précipite vers le corps de son mari.

« Yves ! » Un appel instinctif, mais vain. Il n'entend plus. Les yeux de Carole cherchent un téléphone à travers la pièce. Il lui faut un téléphone. Les secours. Le numéro ? 17 ? 15 ? 18 ? 112 ? Le visage figé du cadavre, presque étranger, la remplit d'horreur. Ses mains acceptent enfin de lui obéir. Un opérateur l'interroge. Carole répond. Ils vont arriver. Elle raccroche.

Elle s'assied à même le sol. Des odeurs prennent d'assaut ses narines. Des relents des vomissures souillant le parquet. L'arôme du café renversé.

Respirer lentement. Garder le contrôle.

C'est donc aujourd'hui que tout se termine ? se demande-t-elle. Pas comme ça. Pas tout de suite. Elle n'est pas prête.

Elle s'est imaginé mourir avant lui. Jamais l'inverse. A-t-elle cru, naïve, que le sens de l'engagement exacerbé de son époux conjurerait la mort ? Sans doute. C'est ce même sens de l'engagement qui fait qu'elle n'a jamais redouté qu'il la quitte pour une autre femme. Pourtant elle ne pèche pas par excès de confiance en elle. Elle ne s'est jamais trouvée belle. Empotée, oui. Surtout comparée au cerveau affûté d'Yves. Mais les parfums féminins qui ont parfois flotté autour de lui ne l'ont pas effrayée. Si les infidélités de son mari l'ont blessée, elle a toujours su qu'il reviendrait vers elle après ses incartades.

Un secouriste prend Carole par les épaules pour l'écarter. Hébétée, elle assiste, de loin, au ballet des pompiers qui s'affairent autour d'Yves. Au bout de quelques minutes, l'un d'eux s'approche d'elle.

— Je suis désolé, madame, il n'y avait plus rien à faire.

Elle déglutit avec peine cette annonce officielle.

— Vous avez vu votre époux à quelle heure pour la dernière fois ?

L'homme se méprend sur son air égaré, il précise le sens de sa question :

— Cela nous aidera à déterminer à quelle heure il est mort.

Les mots de son interlocuteur enflent dans la poitrine de Carole, l'empêchent d'inspirer. Elle repousse de toute sa volonté leur intolérable réalité.

— On s'est dit bonsoir vers 1 h 30 du matin, après le départ de nos invités, lâche-t-elle.

— Comment allait-il ?

Leur dernière conversation lui revient en mémoire. Comme souvent, l'estomac d'Yves le faisait souffrir. Rien de grave, le stress, selon son médecin. Carole lui avait suggéré de prendre un pansement gastrique avant de se coucher.

— Votre mari avait d'autres problèmes de santé ?

Les antécédents médicaux d'Yves sont passés au crible. À cinquante-quatre ans, le chef d'entreprise ne souffrait pas de maladie connue et ne suivait pas de traitement régulier. Son cardiologue le disait en pleine forme. Pas de terrain dépressif non plus. Très professionnel, l'urgentiste enchaîne les questions pour tenter d'expliquer sa mort prématurée. Carole pense à Romain, leur fils. Lui aussi mènera ce genre d'entretien après ses études de médecine. L'homme la remercie. A-t-elle besoin d'un calmant, de quoi que ce soit d'autre ? Non. Elle a besoin d'Yves, s'interdit-elle de lui crier. Il rejoint ses collègues.

La voilà seule. Elle ne sait pas quoi faire, où aller. Que vont-ils faire de son corps ? L'image de la housse dans laquelle on l'emportera lui vient à l'esprit. La pensée du casier réfrigéré de la morgue hérisse sa peau. Des considérations pragmatiques se bousculent dans sa tête. Organiser des obsèques. Prévenir les enfants. Gérer la réaction d'Anaïs, très proche de son père. Précipiter le retour de Romain, prévu dans une dizaine de jours. Appeler François et Nathalie, le frère et la sœur d'Yves. Ces réflexions s'enchaînent jusqu'à ce qu'un vertige l'immobilise. Un spasme lui tord l'estomac. Elle vomit son malheur. Augustine, venue à sa rencontre, la raccompagne jusqu'à la cuisine. Elle s'affale sur une chaise, parce qu'elle ne sait pas quoi faire d'autre, parce qu'il n'y a rien à faire d'autre.

Les vieux réflexes d'Augustine reprennent le dessus. Carole a besoin qu'on s'occupe d'elle. Elle lui prépare de l'eau de mélisse. Un remède ridicule, destiné à soigner de petits maux. Que peut-il contre le manque de lui, qui remplit déjà la maison ? Rien. Pourtant, l'odeur familière de la tisane rassure les deux femmes.

Un secouriste se présente dans l'embrasure. Il veut parler à Carole. « En privé », précise-t-il.

— Allez-y, répond-elle d'une voix éteinte, Augustine est de la famille.

L'homme se lance.

— Le premier examen du corps de votre mari et les informations que vous nous avez fournies ne nous permettent pas de délivrer un certificat de décès. Nous avons obligation de procéder à un signalement aux gendarmes dans des cas tels que celui-ci.

Le discours formel irrite Carole et la sort de son abattement.

— Qu'est-ce que ça veut dire ?

— La mort de votre mari n'est pas naturelle, madame. Elle est probablement due à un empoisonnement.

2

Le 4 × 4 noir d'Antoine Visterria accède au parking de Baron Constructions. La radio joue « Late Night » des Foals. Le trentenaire baisse le son avant de se garer. Écouter de la musique, à plein volume, alors que son beau-père vient de mourir passerait pour de l'irrespect aux yeux de ses collègues. Pourtant, le court trajet jusqu'au siège de l'entreprise, en compagnie de l'un de ses groupes favoris, lui a offert une bouffée d'air. Le week-end a été oppressant. Deux journées interminables avec son épouse, Anaïs, prostrée depuis l'annonce de la mort de son père. Son refus de la réalité, puéril, renforce la dimension de cataclysme que la jeune femme confère à l'événement. Elle est méconnaissable.

Avant. Après.

Avant, une jeune femme confiante en l'avenir. Après, une petite fille ébranlée. Sans repère.

Sa détresse désarçonne Antoine. Ses tentatives pour la consoler sonnent faux. Il n'excelle pas dans le réconfort. Ce matin, Solène, la meilleure amie d'Anaïs, rentrée d'un séjour à l'île Maurice, a accouru auprès d'elle. Quel soulagement ! a pensé Antoine en sautant sur l'occasion pour fuir leur maison.

Leurs échanges de consentement, moins de trois ans en arrière, lui reviennent en mémoire.

« Dans le **bonheur** et dans les épreuves. » La seconde **partie** de cette formule avait glissé sur lui. **Des mots creux.** Son mariage lui offrait la perspective d'un avenir radieux. De quelles épreuves parlait-on ?

Leur couple s'était formé quatre ans plus tôt. En vacances avec des amis, dans une station de ski, Anaïs s'évertuait à oublier la fin d'une histoire d'amour désastreuse. Ou la fin désastreuse d'une histoire d'amour. Au choix. Son fiancé venait de s'avouer – et de lui confesser – sa préférence pour le sexe masculin. Antoine était serveur au bar de l'hôtel où elle séjournait. Le besoin d'Anaïs de se rassurer sur son pouvoir de séduction lui avait fait jeter son dévolu sur l'attirant barman. Les failles du jeune homme, mal camouflées derrière une apparente décontraction, avaient fini de la conquérir. À l'époque, Antoine multipliait les aventures. Son travail favorisait les rencontres. Femmes seules. Femmes délaissées. Femmes libérées. Les occasions ne manquaient pas. Anaïs aurait pu être une conquête de plus. C'était sans compter la détermination de la jeune femme à transformer une banale attirance physique en une affaire de destin. Ses échecs sentimentaux répétés trouvaient enfin leur justification. Antoine *devait* croiser sa route.

Plus prosaïque, son amoureux ne versait pas dans ses théories sur la prédestination. Les arguments ne manquaient cependant pas pour le convaincre. Parmi eux, l'argent d'Anaïs et son île natale, à l'autre bout du monde. Saisonnier depuis dix ans, Antoine aspirait à changer d'existence. La petite voix lui chuchotant qu'il profitait des sentiments de la jeune femme s'était amenuisée au fil des mois, couverte par le tapage de l'amour exubérant d'Anaïs. Elle multiplia les allers-retours pour le rejoindre. La séparation lui était intolérable. La faible résistance d'Antoine céda bientôt et son installation définitive à La Réunion fut décidée dès la fin de l'hiver.

Rien ne le retenait en métropole. Ses rêves de grandeur l'avaient éloigné de ses parents et de son modeste milieu d'origine. Les rapports avec sa mère s'étaient distendus. La rupture avec son père était consommée. Antoine en voulait à ce dernier de s'être contenté d'une existence étriquée. Un travail. Le soir, la télé. Cinq semaines de congé dans le même camping depuis des décennies. Il lui tenait rigueur de son enfance dans une cité HLM à Trappes. De l'obligation de porter les vêtements trop larges de son frère aîné, par mesure d'économie. La fierté exacerbée de son père pour son métier d'employé de libre-service l'irritait. Le jeune homme le haïssait de n'avoir pas rêvé d'un avenir plus brillant pour ses fils. D'avoir osé lui proposer un contrat à durée déterminée au rayon frais du supermarché qui l'employait – une consécration – alors qu'il avait une vingtaine d'années. Leurs différends s'étaient cristallisés autour du refus d'Antoine d'occuper cet emploi. « J'ai d'autres ambitions que de ranger des yaourts », avait-il asséné. Ce mépris affiché pour le métier de son père avait scellé la discorde entre les deux hommes. Ils ne se parlaient plus depuis plus de dix ans. Antoine s'était inventé une carrière d'employé de banque pour donner le change lorsque sa mère prenait de ses nouvelles. Par orgueil. Un barman, même exerçant dans des stations réputées, restait un barman. Son substantiel salaire, gonflé par les pourboires de riches vacanciers, n'y changeait rien.

Sa rencontre avec Anaïs signifiait aussi, du moins l'espérait-il, un poste correspondant à ses aspirations au sein de l'entreprise de sa future belle-famille.

Les événements s'enchaînèrent conformément à ses souhaits. À son arrivée sur l'île, un emploi dans un hôtel s'offrit à lui. Il l'accepta, persuadé que ses horaires décalés ne tarderaient pas à contrarier Anaïs. Il avait misé juste. Son travail devint l'unique préoccupation de la jeune femme. Pourquoi se rapprocher l'un de l'autre s'ils ne pouvaient passer leurs soirées et leurs week-ends ensemble ? À peine deux mois plus tard, le père d'Anaïs se laissa convaincre d'embaucher le petit ami de sa fille. Un poste de commercial se libérait chez Baron Constructions. Le physique avenant et la faconde d'Antoine compenseraient son manque d'expérience.

La suite du scénario idéal d'Anaïs s'écrivit avec leur mariage. Les préparatifs accaparèrent la jeune femme durant une année entière. Antoine se laissa porter. Officialiser leur union consolidait sa place dans le clan Baron. Fort de cette conviction, il gagna en assurance. Assurance qui ne fut sans doute pas étrangère au fait qu'Yves Baron lui permit d'accéder au poste de directeur commercial au bout de dix-huit mois.

Il avait enfin *sa* situation. Plus besoin de mentir à sa mère. Les rares fois où elle l'appelait, il en rajoutait tout de même un peu, en se prétendant le bras droit de son patron. La confiance d'Yves Baron ne lui était pourtant pas acquise. Loin de là. La récente découverte, par son beau-père, de ses « arrangements » avec certains sous-traitants de l'entreprise aurait pu se solder par son éviction de la société, voire de la famille. Avec la disparition d'Yves Baron, la menace s'éloignait définitivement. Cette mort prématurée lui offrait avant tout l'opportunité d'occuper le siège vacant de PDG. Il comptait bien se positionner comme l'homme de la situation, celui sur qui Carole Baron pourrait se reposer pour prendre en main l'affaire familiale.

Antoine traverse le parking et contourne l'édifice de deux étages, dont le style industriel contemporain porte l'empreinte d'Yves Baron. L'entrepreneur souhaitait un bâtiment qui soit le reflet du dynamisme de la société de travaux publics, créée par lui vingt-huit ans auparavant. La tôle ondulée, clin d'œil à l'habitat traditionnel de l'île, alterne avec des baies vitrées. La façade principale regarde la rue et une succession de locaux d'entreprise. Un tableau périurbain monotone et sans attrait. À l'arrière, se déroulent les champs de canne à sucre sur lesquels la zone artisanale a grignoté. La récolte est terminée à cette période de l'année. L'or de la paille qui jonche le sol remplace le vert. Des allées de cocotiers centenaires, ayant survécu aux maisons de maîtres auxquelles elles conduisaient, balafrent ces étendues qui rencontrent, vers le sud, la limite du territoire de la ville voisine, Saint-Louis. À cet endroit, l'usine du Gol et sa volute de fumée blanche arrêtent le regard. Une monstrueuse centrale thermique, pourvoyeuse d'électricité, dans l'ombre de laquelle s'active sa sœur, vieille de trois siècles, qui, elle, fabrique du sucre.

Les portes du hall d'accueil s'ouvrent pour laisser passage à Antoine. Un groupe d'employés, réunis autour du comptoir d'accueil, le salue. Tous sont informés du décès de leur patron. La rumeur d'un empoisonnement a ameuté les médias qui ont relayé la nouvelle durant tout le week-end. L'entrepreneur s'est-il suicidé ? S'agit-il d'un crime ? Les théories les plus variées circulent depuis la découverte du corps, samedi matin.

Il faut que je propose à Carole un communiqué officiel pour le personnel, pense Antoine en s'éloignant. Une excellente initiative pour lui démontrer que je maîtrise la situation, se congratule-t-il. Euphorisé par cette idée, il emprunte les escaliers qui mènent au premier étage d'un pas alerte. La partie gauche de la coursive dessert les bureaux. Antoine s'y engage et marche en direction de celui de François, le frère d'Yves Baron. La décision de nommer un successeur par intérim n'appartient qu'aux actionnaires, Carole et ses enfants, mais s'assurer du soutien de tous les Baron n'est pas superflu. Antoine prend le pari que François préférera rester dans l'anonymat de son poste de responsable des appels d'offres. La fibre de meneur d'hommes, qui transpirait chez Yves, lui fait défaut. Mou, dépourvu de caractère, transparent. Le cadet est l'opposé de son aîné.

Antoine ralentit devant la porte ouverte d'Émilie Gereven, l'assistante de François. Le chignon strict, les lunettes démodées et un air revêche échouent dans leur tentative pour enlaidir la jeune métisse. Les condoléances protocolaires qu'elle adresse à Antoine ne le surprennent pas. Les relations humaines ne constituent pas le point fort d'Émilie.

— Il est arrivé ? s'enquiert-il en désignant le bureau d'en face.

— Sa femme l'a déposé, il est enfermé là-dedans depuis une heure. Pourquoi il est venu ? Tout le monde aurait compris qu'il reste chez lui après ce qui vient de se passer.

Christelle place son mari comme un pion, se dit Antoine en songeant à l'épouse de François. Égale à elle-même, opportuniste et ambitieuse pour deux, conclut-il avec la mauvaise foi de celui qui repère la paille dans l'œil de son voisin.

— Je vais voir comment il va. À plus tard, lance-t-il à Émilie.

Après s'être annoncé par un léger coup à la porte, Antoine pénètre dans la pièce. La décoration est inexistante. Un ordinateur. Un pot à crayons. Une éphéméride. L'endroit manque autant de personnalité que son occupant. Yves avait également l'avantage sur le plan physique. Si les deux frères se ressemblent, un début de calvitie et un certain embonpoint desservent le cadet. François ne quitte pas son siège et lève un visage ravagé vers le jeune homme. Un teint cireux. Des paupières boursouflées qui lui donnent l'apparence d'un crapaud. Le regard n'a cependant rien de la placidité de celui d'un batracien. Ses yeux, rouges de larmes, disent sa panique et son désespoir.

— Qu'est-ce qu'on va devenir, Antoine ?

La voix est chevrotante. Presque enfantine. Dérangeante.

— Je suis là, ne t'inquiète de rien, le rassure Antoine. Tu vas rentrer chez toi. Tu n'es pas en état de travailler.

Il s'exprime avec douceur et fermeté. Comme aurait fait Yves, réfléchit-il. Il décide pour François. C'est dans l'ordre des choses. Tout le monde décide à la place de François.

— Qu'est-ce que je vais devenir ? marmonne ce dernier, comme s'il n'avait pas entendu. Ce matin, au réveil, j'avais oublié... je me suis dit « sois à l'heure, aujourd'hui, c'est le jour de la réunion des services, Yves n'aime pas qu'on soit en retard » et puis, l'instant d'après, je me suis rappelé...

Des larmes noient sa voix à mesure que son chagrin s'exprime.

— Je ne veux plus dormir, Antoine, je ne veux plus dormir si je dois me rappeler tous les matins qu'il n'est plus là. Si je ne dors plus, je me ferai à cette idée plus vite, tu ne penses pas ?

Son regard implore une réponse positive qui ne vient pas. Mal à l'aise face à ce débordement de détresse, Antoine se place derrière son fauteuil et le prend par les épaules pour l'inviter à se mettre debout.

— Quelqu'un va te raccompagner chez toi, mon vieux, ça va aller.

Son monologue se poursuit tandis qu'il se laisse guider.

— Non, je ne pourrai jamais me faire à l'idée qu'il est mort, jamais.

Derrière la fenêtre de son bureau, Émilie Gereven assiste au départ de François qu'Antoine a confié à un des employés de l'entreprise. Aucune commisération dans son expression. Elle hait les faibles. Est-ce qu'elle s'autorise à être faible, elle ? Mais faut-il s'attendre à une autre attitude de la part de ce gros lard ? Il est certain que chez les Baron, on n'est pas préparé aux coups durs. Contrairement à elle. Aucun d'entre eux ne survivrait au quart de ce qu'elle a traversé.

La jeune femme quitte son poste d'observation et se replonge dans son travail. Une tonne de dossiers l'attend. Personne ne s'en occupera à sa place. La vie continue, après tout. Si elle a retenu une leçon, c'est bien celle-ci. La vie continue toujours, quoi qu'il arrive.

3

Une tasse de thé refroidit devant Carole, assise en tailleur sur le canapé en cuir fauve du salon. Des photos d'Yves, éparpillées, l'entourent. Sa mission ? Sélectionner celle qui sera exposée pendant les funérailles. Encore une tâche insurmontable.

Pierre, son plus vieil ami, a accouru à son appel affolé après qu'on a emporté Yves vers la morgue. Depuis, il la décharge de tracasseries en tout genre. Tenir les journalistes à distance, s'entretenir avec les gendarmes, contacter les pompes funèbres. Certains choix lui incombent, à elle seule, cependant. Enterrement ? Crémation ? Comment décider entre envoyer Yves pourrir sous terre ou le livrer aux flammes ? Elle oscille entre l'envie de se reposer entièrement sur Pierre et la culpabilité de ne pas jouer son rôle d'épouse.

Trois jours qu'elle marche au bord d'un précipice. Depuis la découverte du corps de son mari, elle s'est dédoublée pour supporter la réalité. Elle donne l'image d'une femme traversant une épreuve avec courage. Pourtant, n'importe quel prétexte peut la faire basculer. Une poignée de porte récalcitrante a le pouvoir de la faire s'effondrer. Tout lui coûte. Se lever, se laver, s'habiller, parler, manger. Vivre. Le soir, des somnifères lui offrent quelques heures de repos pour mieux la rendre à sa souffrance le lendemain.

Carole lève les yeux vers l'horloge murale. Des gouttes d'eau, en plastique translucide, virevoltent autour des aiguilles. Pas un chiffre. Un des cadeaux d'Yves. Avec le temps, l'objet apprivoisé a consenti à lui indiquer l'heure. L'avion de Romain, que Pierre récupère ce matin à l'aéroport, atterrira dans une vingtaine de minutes, à l'autre bout de l'île. Elle a hâte de retrouver son fils. Son Romain, doux et affectueux. L'opposé d'Anaïs, la rétive.

Un soupir soulève sa poitrine. L'incompréhension est la règle entre la mère et fille. Leur frustration d'une relation épanouie s'alimente à coups d'attentes et de sentiments non extériorisés.

Leur dernière conversation téléphonique, le matin même, en est l'illustration. Carole a été peinée qu'Anaïs ne se réfugie pas auprès d'elle durant ce week-end. La jeune femme a préféré solliciter Solène, son amie d'enfance. N'aurait-il pas été naturel qu'elle cherche consolation auprès de sa mère pour faire face à l'atrocité du moment ? La déception de Carole, maladroitement exprimée, avait été interprétée comme une remontrance par Anaïs, qui avait immédiatement contre-attaqué. « Telle mère, telle fille ! » avait-elle rétorqué. « Je fais comme toi, c'est Pierre et pas grand-mère que tu as appelé à ton secours. »

C'était vrai. Carole n'avait pas relevé. Pour ne pas envenimer les choses, s'était-elle dit. Elle s'était contentée de penser, en raccrochant, que contrairement à sa fille elle avait de bonnes raisons de ne rien réclamer à sa famille. Les rapports de Carole avec ses parents étaient des plus distants. Ni amour. Ni haine. Ni indifférence. Un peu de reconnaissance, sans doute. Des sentiments fades, certainement.

Carole avait grandi sans démonstration d'affection. D'après ses parents, leurs obligations consistaient à nourrir leurs enfants et leur donner accès à l'école. C'était déjà beaucoup comparé à ce qu'eux-mêmes avaient reçu. Les réprimandes et les coups de fouet constituaient, par ailleurs, des composantes incontournables de l'idée qu'ils se faisaient d'une bonne éducation. Une sévérité choquante pour l'enfant sensible qu'avait été Carole. Son manque d'assurance, qui l'avait cantonnée dans l'ombre de son époux, en était la résultante. Un trait de sa personnalité qu'elle abhorrait mais qu'elle n'était pas parvenue à corriger. La douceur de son caractère rendait Carole plutôt indulgente à l'égard de son père et de sa mère. L'époque et leur milieu d'origine leur offraient des circonstances atténuantes. Aurait-elle agi différemment si, comme eux, elle était née dans la Réunion miséreuse des années trente ? Probablement pas. Ils avaient fait de leur mieux avec leurs références et leur absence d'instruction. Instruction, qui, à la limite, aurait pu leur permettre de changer leur regard sur la façon dont on élève les enfants. Pourtant, une part d'elle-même, brimée, percevait de façon diffuse la béance causée par le manque d'amour dont elle avait souffert.

Son vécu lui avait servi de contre-modèle. Très jeune, ses rêves s'étaient tournés vers un foyer idéal. De l'amour. Des enfants épanouis. Elle avait trouvé en Yves le père investi qu'elle souhaitait. Après la naissance d'Anaïs, ce travailleur invétéré avait aménagé ses journées de manière à profiter de sa fille. Rentré plus tôt pour s'occuper d'elle, il retournait à ses dossiers dès qu'elle était couchée, jusque tard dans la nuit. Un investissement remarquable, surtout à une période où leur entreprise de bâtiment et travaux publics, nouvellement créée, mobilisait énormément Yves. Comblée dans un premier temps, la jeune maman avait déchanté au fil des années. Gâtée par son père, Anaïs refusait les règles qu'elle-même tentait d'instaurer. L'inexpérience de Carole la laissait démunie face à cette enfant qui s'opposait à elle en permanence. Sa petite fille atteignait les quatre ans lorsqu'elle s'était découvert enceinte pour la seconde fois. Contrairement à Yves, elle estimait qu'Anaïs ne devait pas rester enfant unique. Elle était parvenue à le convaincre qu'un frère ou une sœur permettrait d'apporter un équilibre dans la vie de leur aînée.

C'est à cette époque qu'Augustine était entrée au service du jeune couple. Une idée de son époux qui arrangeait les affaires de tout le monde. Les parents d'Yves, qui ne pouvaient plus se permettre de rémunérer une employée à temps plein. Augustine elle-même, contrainte de travailler à cause de son mari malade. Et Carole, pour qui sa maison, une Anaïs capricieuse et les désagréments des premiers mois de grossesse semblaient ingérables sans aide extérieure. Son sentiment de culpabilité, toujours prompt à se manifester, lui chuchota, avec perfidie, qu'elle se délestait de l'éducation de sa fille. De bonnes résolutions le firent taire. Je vais partager des moments de complicité avec Anaïs. Être plus ferme aussi, s'était-elle juré.

Puis, son ventre devint le centre de son monde. Une sensation inédite s'empara d'elle, mélange de satisfaction et d'égoïsme. Il fallait que ce soit un garçon. *Son* petit garçon. Elle décida seule du prénom. Romain. Elle l'imaginait à différents âges. Un an. Il lui ressemblerait déjà avec ses cheveux bruns et ses yeux bleus. Trois ans, le déchirement de sa première rentrée des classes. Dix ans, le passage au collège. Dix-huit ans, le bac. Vingt ans, des études brillantes. Au fil des mois, ce fils la remplit, au sens propre comme au sens figuré.

Dans la nuit du 15 avril 1988, Romain fit irruption dans sa vie. Comme pour Anaïs, elle le mit au monde sans Yves à ses côtés. Selon lui, la présence du père durant l'accouchement était contre-nature. Il passa à peine une heure, à la clinique, avec sa femme et son fils. Tous les deux se portaient bien et son souci, à présent, c'était de rentrer avant le réveil d'Anaïs. « J'ai peur qu'elle se sente abandonnée si aucun de nous deux n'est là quand elle ouvrira les yeux », expliqua-t-il à sa femme, en l'embrassant. Carole doutait qu'Anaïs risque un traumatisme. Encore une fois, Yves surprotégeait leur fille. Fatiguée, elle ne protesta pas. Tandis qu'il quittait la chambre, elle se tourna vers le berceau transparent et s'absorba dans la vision de Romain, en train de dormir.

Un bruit de moteur dans l'allée lui fait lever la tête et sort Augustine de la cuisine, où la préparation du déjeuner l'occupe.

— C'est Romain ? interroge la bonne en passant devant Carole sans s'arrêter, tout à sa hâte de revoir le jeune homme.

— Non, il atterrit à peine, répond Carole après un coup d'œil à l'horloge.

C'est Nathalie qui est en avance, suppose-t-elle en dépliant ses jambes, ankylosées par sa position. Elle rejoint Augustine sur la terrasse au moment où la sœur cadette d'Yves descend de sa 308 Cabriolet rouge. Après un geste de la main vers Carole et Augustine, la quadragénaire emprunte les marches en bois d'un pas pesant qui contraste avec sa silhouette svelte. Nathalie est belle. Le genre de femmes qui, se souciant de leur apparence comme d'une guigne, n'en paraissent que plus séduisantes. Son jean et une tunique blanche lui donnent un style bohème chic qui accentue sa grâce naturelle. Ses cheveux châtains, rassemblés en un chignon flou, dégagent son visage et mettent ses traits en valeur. Lorsqu'elle parvient à leur hauteur, Augustine s'attendrit des cernes violets qui éteignent son regard bleu vert. De nature pourtant peu expansive, elle prend Nathalie dans ses bras. Quand s'est-elle laissé aller à une telle marque d'affection pour la dernière fois ? Pas depuis des lustres. Augustine a le sentiment que c'est Yves qui lui dicte ce geste d'amour. Nathalie se laisse aller contre sa vieille nénène. L'accolade silencieuse signifie « Je sais ce que tu ressens ». Elle comble pendant un bref instant le manque de ses parents – morts dans un accident de voiture une quinzaine d'années plus tôt – que Nathalie a durement ressenti durant le week-end.

La réserve de Carole la maintient à distance de la scène. Une réserve qui la fait passer pour froide aux yeux de la plupart des gens. Elle aimerait être capable de ce genre d'élan, mais se contente d'une légère pression sur l'épaule de Nathalie. Sa belle-sœur s'excuse en essuyant les larmes provoquées par l'étreinte d'Augustine.

— Vous ne m'attendiez pas avant midi, mais je n'en peux plus d'être seule à la maison. Paul est à la clinique, il opère toute la journée.

— Tu as eu raison de venir plus tôt, ment Carole qui, mis à part ses enfants, n'a envie de voir personne.

Elles s'installent dans les fauteuils de la véranda tandis qu'Augustine retourne à ses fourneaux. La douleur de la vieille femme trouve remède dans les gestes quotidiens qu'elle accomplit.

— Je l'ai vue moins affectée par la mort de son mari, remarque Carole tandis qu'Augustine s'éloigne.

Nathalie finit d'allumer une cigarette.

— Théodore a été malade pendant longtemps, elle était préparée. Tandis que là...

Sa phrase reste en suspens dans la bouffée qu'elle aspire.

— Les gendarmes ont du nouveau ?

Machinalement, Carole rapproche un cendrier. Sa réponse est brève. La cause de la mort semble être l'empoisonnement, lui a indiqué le lieutenant Rousseau, qui dirige l'enquête. Une autopsie doit tout de même le confirmer. Les résultats seront disponibles en fin de journée. Ou demain. Ils ne sont pas sûrs.

Autopsie. Un mot que Carole n'avait jamais utilisé dans la vraie vie. Un mot rendu familier par les séries télévisées, mettant en scène des légistes, qu'elle regarde volontiers. Le quotidien de ces insolites nouveaux héros du petit écran est devenu banal pour le téléspectateur. Des cadavres entaillés, des viscères pesés, des crânes sciés, autant de détails insoutenables dont il s'abreuve sans ciller. Du coup, quand Carole prononce le mot autopsie, elle doit refouler ces images du corps d'Yves entaillé, de ses viscères pesés, de sa boîte crânienne sciée. Elle s'ébroue pour évacuer l'horreur tandis que la cigarette de Nathalie, à moitié consumée, s'écrase dans un grésillement.

— Tu crois qu'il a pu se tuer ? interroge sa belle-sœur sans détour.

La question a fusé. Elle la taraude depuis samedi matin. Devant le mutisme de Carole, elle insiste :

— S'il avait été déprimé, on l'aurait su toi et moi, non ? Si je l'ai laissé faire ça, sans rien voir venir, je ne pourrai pas me le pardonner.

Quoi répondre ? Carole est incapable de rassurer la jeune femme. Le suicide lui paraît invraisemblable quand elle y pense. Un crime ? Encore plus improbable. Au fond, peu lui importe comment c'est arrivé. Le résultat, c'est que le corps d'Yves est en train d'être découpé dans une morgue. Le résultat, c'est qu'il n'est plus là. Pour le moment, elle doit affronter cette idée. L'énergie lui manque pour le reste.

4

Pierre s'est éclipsé après le déjeuner. Les retrouvailles de Carole et de son fils lui permettent de souffler. Depuis samedi matin, il n'a effectué qu'une brève halte chez lui pour récupérer des affaires de toilette et des vêtements de rechange. Il prend la direction de sa maison, dans le centre de l'Étang-Salé-les-Hauts, au volant de son Austin Mini noire. Un modèle des années 1990 acheté à un propriétaire méticuleux il y a douze ans. Si le compteur kilométrique témoigne de cette longue connivence, la carrosserie, entretenue avec amour, affiche une fraîcheur étonnante. La taille du véhicule jure avec la haute stature de son conducteur. La vue de Pierre, s'extirpant de l'habitacle, est un spectacle dont les badauds s'amusent. Pierre s'en moque. Sa petite auto est raccord avec son style original qui lui donne des airs de personnage de bande dessinée. Un crâne rasé, des lunettes rondes en plastique à la Jean-Pierre Coffe. Elles sont rouges, vertes, bleues ou jaunes, en fonction de ses tenues. À l'instar de ses lunettes, les couleurs vives de ses vêtements introduisent de la fantaisie dans sa vie rangée d'enseignant. Pierre tente aussi de compenser ainsi un physique qu'il juge commun.

Les vacances d'été austral débutent de drôle de manière pour le professeur de gestion. Il ne croit pas au suicide d'Yves. Le chef d'entreprise n'a pas le profil du type qui met fin à ces jours. Pas le genre à baisser les bras. Une tendance à aimer la difficulté, au contraire. Il a été tué, c'est certain. Pas banal, tout de même. Non pas qu'occire son prochain soit une activité boudée des Réunionnais. Loin de là. Cet assassinat se démarque cependant des règlements de compte sur fond d'alcool qui ponctuent l'actualité de l'île à intervalles réguliers. Il s'agit d'un homicide, pour le moins volontaire. L'assassin est venu tuer Yves dans sa propre maison. Un acte qui nécessite une motivation certaine. Une centaine de suspects. Tous les salariés de l'entreprise familiale, ou presque, plus les quelques membres du clan Baron, présents au traditionnel cocktail de fin d'année donné par le chef d'entreprise, le vendredi précédent.

Le lieutenant Rousseau a du pain sur la planche, songe Pierre.

En amateur d'énigmes policières, il a passé en revue les mobiles possibles. Jalousie. Vengeance. Rivalité. Pierre n'a aucun mal à imaginer qu'Yves ait pu mettre un de ses semblables dans les pires dispositions à son égard. Il faut dire qu'il n'a jamais porté le mari de Carole dans son cœur. Une antipathie réciproque, qui avait démarré dès leur rencontre, alors qu'ils étaient adolescents.

Le rejet de Pierre pour cet intrus dans son histoire d'amitié avec Carole fut immédiat. Carole et lui se connaissaient depuis l'enfance, mais leur entrée au collège les avait rendus inséparables. À une époque où il s'engluait dans la négation de son homosexualité, il s'était même cru amoureux d'elle. Cet Yves qui se mettait entre elle et lui ne pouvait que le déranger. Après quelques tentatives – auxquelles Pierre fut réfractaire – pour faire de lui un allié, Yves renonça. Les deux hommes s'enfermèrent dans un statu quo en se tolérant, avec l'impression de fournir le juste effort en vue de coexister dans la vie de Carole.

Son sentiment que Carole avait épousé un manipulateur se dessina au fil des années et donna du sens à l'inimitié que Pierre avait vouée à Yves instinctivement. Ce dernier, lui semblait-il, s'entourait de faire-valoir pour mieux briller. Les faiblesses de ceux qu'il prétendait aimer se devaient ainsi d'être cultivées. Le manque de personnalité de son frère. Le complexe d'Œdipe dans lequel s'enlisait Anaïs. La dépendance matérielle et affective dans laquelle se trouvait Carole vis-à-vis de lui. Elle avait renoncé à tout accomplissement personnel pour n'incarner que son épouse. Décidant de tout au sein de leur couple, il réussissait le tour de force consistant à la laisser croire que certains domaines lui appartenaient. Les infidélités d'Yves contribuaient également à le rendre déplaisant. De brèves liaisons avec des femmes réputées inaccessibles. Les seules qui l'attiraient. Parvenir à les posséder suffisait à le satisfaire. Une autre manière de prouver son ascendant sur les gens. Ce sujet avait été abordé une fois entre Pierre et Carole. Comment pouvait-elle s'en accommoder ? lui avait-il demandé, curieux. « J'ai épousé un séducteur, Yves est incapable d'être fidèle, quand bien même je le supplierais. » Ajuster ses attentes à ce qu'Yves était en mesure de lui offrir lui apparaissait comme la meilleure solution puisqu'elle n'envisageait pas de vivre sans lui.

Les clayettes vides du réfrigérateur se rappellent à Pierre au moment où il passe devant l'unique supermarché de la ville. La corvée des courses est sans cesse ajournée tant l'ambiance des grandes surfaces lui fait horreur. Consommateurs frénétiques, caddies remplis à ras bord, files d'attente interminables avec, en prime, l'incontournable rouleau de papier thermique à remplacer quand arrive son tour à la caisse. Non. Il se refuse à cet exercice aujourd'hui. Une halte à l'épicerie de M. Ki-Van s'avère une option plus attrayante. Son porte-monnaie s'en ressentira. La contrepartie d'achats effectués dans une ambiance conviviale.

Marcel Ki-Van représente la quatrième génération d'une famille cantonaise débarquée sur l'île dans la deuxième partie du XIXe siècle. Chez eux, la qualité de commerçant et la boutique se transmettent de père en fils. La devanture a changé d'apparence au fil des décennies et affiche aujourd'hui les couleurs vives d'une bière locale. Pour Pierre, l'espace de vente, bien que modernisé, évoque toujours l'époque à laquelle, avant l'école, il convertissait quelques centimes en un macatia rond et chaud qui calait son estomac pour la matinée.

Sa Mini garée, il se mêle aux rares passants du milieu d'après-midi, en rajustant sa chemise vert pomme dont un pan dépasse de son pantalon. « Zut », marmonne-t-il après seulement quelques pas. Mme Cosetreau, la pire commère de la ville, vient de disparaître dans l'épicerie. Une seconde d'hésitation ralentit Pierre. Ses liens avec les Baron sont connus. La fouineuse ne manquera pas d'essayer de glaner des informations de première main auprès de lui. « Allez, j'en ai vu d'autres », s'encourage-t-il, peu convaincu. Le quinquagénaire en est là dans ses tergiversations quand Augustine arrive à sa hauteur avec pour objectif, elle aussi, la supérette de M. Ki-Van. Une mine renfrognée a remplacé le visage triste qu'elle arborait chez Carole, un peu plus tôt dans la journée.

Augustine est fâchée contre elle-même. Les soubresauts de ses humeurs depuis la mort d'Yves Baron la déstabilisent. Des états d'âme mouvants qu'elle croyait réservés à plus faibles qu'elle. La joie de serrer Romain dans ses bras a précédé une énième descente dans les replis de son chagrin. Pierre s'enquiert de sa santé. Peu avant le déjeuner, elle est allée se réfugier chez elle en prétextant un début de migraine. Oui, elle va mieux. Réponse laconique signifiant qu'elle ne veut pas s'appesantir sur le sujet.

Leur entrée interrompt Mme Cosetreau, en pleine révélation de cancans fraîchement récoltés à un Marcel Ki-Van impassible.

— Vous ne croirez jamais ce que j'ai appris chez le coiffeur tout à l'heure...

— Ce que je ne croirais jamais, c'est que sa coiffure soit l'œuvre d'un professionnel, lâche Augustine assez haut pour être entendue de la matrone.

Les deux femmes se détestent cordialement. Se lancer des piques constitue leur mode de communication.

Pierre retient un éclat de rire. M. Ki-Van, en pacificateur, fait diversion.

— Monsieur Martène, quel plaisir de vous voir, ça fait un bail.

S'ensuit l'échange des banalités d'usage entre les deux hommes. Échange auquel Mme Cosetreau met rapidement un terme. Même le projet de rabattre le caquet d'Augustine est repoussé, tant l'information qu'elle s'apprête à dévoiler lui brûle les lèvres.

— C'est du laurier-rose qui a tué M. Baron.

La phrase fait son effet. La conversation de Pierre et M. Ki-Van stoppe net. L'examen minutieux de tomates, mené par Augustine, prend fin.

— D'où sortez-vous ça ? interroge Pierre, stupéfait.

À sa connaissance, les résultats des examens toxicologiques n'ont pas encore été révélés.

— Ça m'embête d'en parler, je ne suis pas censée dévoiler mes sources, comme on dit.

Ses trois auditeurs restent cois, confiants en l'incapacité de la grosse femme à taire le renseignement, prétendument confidentiel.

— À vous, je peux bien le dire. Le fils de ma coiffeuse fait un stage à l'hôpital, un gentil gamin, comme sa mère d'ailleurs, cette femme est adorable, elle a accepté de me donner rendez-vous ce matin alors que le salon est fermé le lundi.

Des détails dans lesquels l'incorrigible bavarde se perd.

— Ce garçon travaille à l'hôpital, disiez-vous, la réoriente Pierre.

— Oui, il a appelé sa maman tout à l'heure pendant qu'elle me coiffait, quoi qu'une certaine personne en pense...

Un regard appuyé vers Augustine qui ne renchérit pas, avide de la suite.

— Il a entendu les employés du laboratoire parler du poison et s'est empressé d'en informer sa mère. Une histoire pareille dans notre petite ville si tranquille, qui peut le croire ?

Pierre soupire. J'espère que la formation de ce jeune homme comporte un module sur le secret professionnel, se dit-il.

— Du laurier-rose ? questionne M. Ki-Van, perplexe, en se tournant vers Pierre.

— C'est un arbuste qui donne de jolies fleurs mais il est extrêmement toxique, il y en a sur le terre-plein central de la quatre voies entre Saint-Louis et Saint-Pierre, lui précise le professeur.

Les récits portant sur des victimes du laurier-rose ne manquent pas. Des soldats de Napoléon seraient morts après avoir utilisé des broches de cette plante pour rôtir de la viande durant un bivouac.

— Il faut être tordu pour avoir l'idée de tuer quelqu'un avec ce truc, non ?

La turpitude de ses semblables continue à étonner M. Ki-Van.

— Le poison, une arme de femme, jette Mme Cosetreau avec un air faussement innocent.

L'allusion, non déguisée, aux aventures extra-conjugales d'Yves Baron met Augustine hors d'elle.

— C'est digne d'une mégère comme vous de salir la mémoire d'un mort ! explose-t-elle.

Sa voix vibre de larmes retenues. Habituée à une adversaire plus coriace, Mme Cosetreau bat en retraite vers le fond du magasin, honteuse de l'impact de son sous-entendu. Augustine s'étant hâtée vers la sortie, l'indiscrète bonne femme émerge de sa retraite au bout d'à peine une minute.

— Je ne vois pas ce que j'ai dit de mal, c'est de notoriété publique qu'il avait des maîtresses, cet homme-là. C'est une piste comme une autre, et pas la seule à mon avis...

Des phrases inachevées, technique de Mme Cosetreau pour appâter son auditoire. La relancer est superflu.

— Inutile d'aller chercher bien loin, cet homme qu'il a licencié comme un malpropre. Rappelez-vous, son magasinier, ajoute-t-elle, devant le regard interrogateur des deux hommes. Il se servait dans les stocks de l'entreprise. Il avait fait ça par nécessité, selon lui, moi je dis qu'on a toujours le choix, mais bon... il ne s'en sortait plus financièrement, il était endetté jusqu'au cou. Yves Baron a été sans pitié. Plainte, licenciement, sa femme l'a quitté, il est tombé dans l'alcool... c'est son père qui l'héberge actuellement, sinon il serait à la rue.

Les journaux s'étaient repus de cette affaire il y avait deux ou trois ans.

— Ce bougre-là, reprend M. Ki-Van qui situe à présent le personnage, jamais de la vie. Il aurait pu agresser M. Baron un soir de soûlerie s'il avait croisé sa route par hasard, mais de là à lui faire avaler du poison...

Un fumeur en quête de nicotine coupe l'analyse du commerçant. Pierre profite de la diversion pour s'enfuir dans les rayonnages à la recherche des produits qu'il est venu acheter, laissant en plan Mme Cosetreau. Il en faut plus pour la décourager. Les proches de la victime, reprend-elle à voix plus haute pour se venger de la défection de son interlocuteur, d'après ce qu'elle sait, c'est parmi eux que se cache le plus souvent le criminel.

Une théorie à laquelle Pierre adhère entièrement, même s'il se garde de le lui faire savoir.

5

— Cette famille te traite comme un moins que rien !

Un coup de fouet. Les mots cinglants jaillissent des lèvres écarlates. Repli de François vers la cuisine pour se dérober à la charge qui s'amorce. Christelle ne décolère pas. Antoine Visterria va temporairement occuper le poste de directeur général de Baron Constructions. Une usurpation. La guerrière sur talons hauts débusque François jusque dans son refuge. Pris au piège, l'homme se sert une tasse de café et s'attable. Autant la laisser se défouler, se résigne-t-il. Une guêpe s'invite dans le rayon de soleil pénétrant par la fenêtre. L'observation de son vol l'absorbe. Chacun de ses paliers circulaires successifs la rapproche du dessus des placards, en face de lui. A-t-elle bâti son nid là-haut ?

Calée dans l'encadrement de la porte pour prévenir toute nouvelle évasion, Christelle invective son prisonnier :

— Confier l'entreprise à ce petit arriviste d'Antoine... quelle insulte ! Et tu subis, comme d'habitude !

À regret, François se détourne de l'insecte. Réagir ou pas ? Le risque d'accroître la combativité de son adversaire est le même quelle que soit l'option choisie. Réagir. Juste un peu.

— On ne m'a pas demandé mon avis, je ne savais même pas ce qui se tramait.

L'argument pèche par sa faiblesse. À quoi bon se donner du mal ? Tout ce qu'il dira sera utilisé contre lui.

— C'est justement *ça* le problème ! Ton frère aîné décède et personne ne pense à te demander ton avis sur la survie de l'entreprise à laquelle tu te dévoues depuis plus de vingt-cinq ans.

La mauvaise foi n'est pas le moindre des défauts de Christelle. François s'abstient de rétorquer qu'il n'a pas le sentiment de s'être jamais sacrifié pour la société.

— C'est vrai que tu n'es pas retourné au bureau de toute la semaine, lui rappelle-t-elle, ça lui a laissé le temps d'occuper la place, à l'autre. Ce petit ambitieux sans scrupule, j'ai toujours pensé qu'il était avec Anaïs pour son argent. Sans ce mariage, il n'aurait jamais rêvé d'accéder à la position qu'il a aujourd'hui. Il vient d'on ne sait où, c'était quoi déjà son métier ? GO dans un Club Méd ?

Ses propos transpirent son mépris à l'égard d'Antoine. Le mutisme de son époux décuple sa fureur.

— Pour ta famille, tu es juste bon à jouer les gratte-papiers dans la boîte de *môsieur* Yves Baron !

Le « môsieur », prononcé en singeant le sentiment de supériorité prêté à son beau-frère, lui tord la bouche. Garder le silence. Faire le dos rond. La stratégie ordinaire de François face aux emportements de Christelle. En revanche, aujourd'hui, les méchancetés de sa femme s'agrippent à lui et le font souffrir. De la vigne marronne qui grafigne la peau, la marbrant de stries rouges et boursoufflées. Aurait-il épuisé son capital Christelle ?

Désormais intolérant comme le corps qui rejette le soleil après des années d'exposition. Quelle ingrate, pense-t-il. Le couple doit à Yves tout ce qu'il possède.

Vingt-six ans plus tôt, un diplôme de comptabilité sans réelle valeur en poche, François débarquait sur le marché du travail. Un poste l'attendait dans l'affaire de son frère. Dans n'importe quelle entreprise privée, son manque de talent le ferait péniblement plafonner à moins de mille cinq cents euros mensuels à ce stade de sa carrière. Au lieu de cela, il bénéficie d'un salaire de cadre assorti d'un intéressement aux résultats de la société. François et Christelle sont propriétaires d'une villa avec piscine dans un quartier résidentiel. Elle se pavane dans le dernier modèle du coupé SL de Mercedes. Selon ses critères, le « must have » en matière d'automobile pour une femme distinguée. Un train de vie confortable qui ne comble pas Christelle, lorgnant sans cesse sur ce qu'elle ne détient pas. Une insatisfaction permanente qui n'arrange en rien sa nature acariâtre.

Un dernier jet de venin atteint François.

— Tu es désespérant de nullité, tu ne comprends même pas que l'occasion de ta vie vient de te passer sous le nez.

La guêpe de tout à l'heure s'étant enfuie, la coupe de fruits de la table de la cuisine mobilise maintenant l'attention de François. Christelle disparaît dans un fracas de porte claquée. Il sursaute. La partie est abandonnée, mais il gage qu'elle n'en a pas terminé avec lui.

Un des fauteuils en rotin de la véranda accueille une Christelle rageuse. Un magazine, saisi puis jeté brutalement, fait les frais de son exaspération. Regard courroucé de Melchior, son chat, importuné par le bruit. « Tu as du caractère, toi, au moins », lui chuchote-t-elle avec une douceur surprenante en le soustrayant à la flaque de soleil jaune où il s'est lové. « Il va falloir te mettre au régime, tu engraisses. » Le chat s'enroule sur les genoux de sa maîtresse. Les ongles manucurés s'enfoncent dans l'épaisse fourrure caramel. La tiédeur de la peau de l'animal et son ronronnement régulier l'apaisent progressivement. Renversée contre le dossier, les yeux clos, elle fantasme la vie d'épouse de grand patron qui vient de lui échapper. Ne plus travailler. Elle en a soupé de vendre des assurances. Courir les boutiques. Organiser des soirées. Séances au spa ou chez le coiffeur. À elle la vie de femme entretenue. Cette gourde de Carole, qui a tout cela à portée de main et qui n'en profite même pas. Passer sa vie à tourner en rond dans son jardin à parler à des orchidées, on n'a pas idée ! Son œil s'arrête sur la revue balancée quelques minutes plus tôt. Des pages bon marché que Christelle dévore à chaque parution et qui nourrissent ses chimères en exhibant l'existence dorée de personnages plus ou moins célèbres. Sa vie est ratée. Ce constat l'accable. À quarante-neuf ans, ses belles années sont derrière elle. Avec le coche que François vient de louper, elle n'a plus rien à attendre de ce mariage sur lequel elle avait fondé tellement d'espérances.

Mariage qui n'est pas son coup d'essai. Avant de devenir Mme Baron, elle est restée huit ans aux côtés d'un raté. « Un autre raté », corrige-t-elle avec dépit. Elle les attire assurément. Avec son ex-mari, elle s'égarait dans des aventures extra-conjugales. Pas par appétit du sexe. Plutôt pour multiplier les opportunités de se dépêtrer d'une vie sans éclat. Ses amants provoquaient chez elle l'effet que des tickets de grattage produisent chez les joueurs. L'espoir du gros lot qui agite le cœur avant la déception. Puis, de nouveau, cette naïve attente. Jusqu'à la prochaine désillusion. Ses échecs sentimentaux se succédaient. Être mariée constituait un frein à ses velléités de rencontrer un compagnon plus adapté à ses aspirations. Une décision s'imposait. Le bilan de son union ? La maison qu'elle habitait avec son ex-mari ne leur appartenait pas. Les revenus du couple leur autorisaient péniblement un voyage tous les deux ou trois ans. Seule sa débrouillardise lui permettait de se payer des vêtements de marque. La reine des soldes, achats groupés et dépôts-ventes. Des trésors d'ingéniosité pour arborer des modèles démodés. Professionnellement, son ex stagnait. « On sait ce qu'on perd mais on ne sait pas ce qu'on gagne », avait-il coutume d'affirmer. Avec un tel credo, aucune perspective d'évolution. Elle le quitta. Ils divorcèrent. Dieu merci, il n'y avait pas de garde d'enfants à se partager.

Redevenue célibataire, elle se fixa pour objectif d'appâter un homme avec une belle situation. Elle se montra dans les bars et les restaurants branchés. Dans sa ligne de mire, de gros gibiers. Des patrons, des cadres supérieurs ou des hommes politiques. Elle négligea la salle de sport qu'elle avait l'habitude de fréquenter. Trop populaire pour y dégoter l'oiseau rare. Elle se mit au tennis. Faute de pouvoir s'offrir la coûteuse inscription au golf, elle devint une habituée du club-house. Des efforts peu payants. Quelques amants qui imitèrent les étoiles filantes. Pire. Une réputation de femme facile qui allait à l'encontre de ses projets. La taille de l'île restreignait son terrain de chasse. Deux ans après son divorce, quand François croisa sa route, elle flirtait surtout avec le découragement. Leur rencontre eut lieu lors du cocktail d'ouverture d'un hôtel de la côte ouest. Baron Constructions avait participé au chantier. Yves était présent à ce titre. François l'accompagnait. Christelle remarqua Yves immédiatement. La quarantaine séduisante. Le genre d'homme dont elle se serait contentée d'être la maîtresse. La discussion qu'elle parvint à amorcer avec lui se solda par une dérobade du chef d'entreprise. Les filles entreprenantes n'étaient pas sa tasse de thé.

François remarqua Christelle immédiatement. Ses yeux la suivirent toute la soirée. Comment aborder la ravissante brune ? Yves était en train de lui parler. S'approcher. Yves les présenta l'un à l'autre avant de s'esquiver. Si son frère voulait prendre un peu de bon temps, libre à lui. Christelle masqua sa contrariété. Faute de grive, on mange des merles, dit le dicton. Le plus jeune des frères Baron semblait sensible à son charme. Elle se fit adorable pour l'enfermer davantage dans ses filets. Cette nuit-là, ils rentrèrent ensemble.

La liaison, qu'Yves aurait préférée éphémère, dura. François était amoureux. Au bout de six mois, son projet d'épouser Christelle fut annoncé à la famille. Une victoire pour la jeune femme. Madame Baron. Un nom qui en jette. Une famille riche. Derrière elle, les années de galère. Une menace de son beau-frère, le jour même de ses noces, tempéra son enthousiasme. « Je ne suis pas dupe de ce que tu es. Cupide et égoïste », lui avait-il chuchoté tandis qu'il dansait avec la mariée, « Je t'ai à l'œil, si tu t'avises de faire du mal à François, je ne te raterai pas. » Le coup fut rude. Des mois de comédie et de minauderie pour ce résultat. La méfiance d'Yves à son égard était intacte et le resterait. Elle tenta de se défendre. Le sourire sardonique de son beau-frère l'enragea. Elle se tut. Une querelle avec lui n'allait pas dans son intérêt. Son ressentiment à l'encontre d'Yves ne fit que croître au fil des années, à mesure que la frustration et la rancœur s'installaient dans sa vie comme des compagnes.

Qu'Yves Baron aille droit en enfer ! Elle ne le pleurera pas.

6

— Tu as eu raison d'insister, j'avais besoin de prendre l'air, admet Carole.

Elle est attablée avec Pierre à la terrasse d'une paillote dont les parasols rouges détonnent avec le bleu franc du ciel. Au loin, les vagues habillent la barrière de corail d'une étole d'écume. La plage de l'Ermitage se vide. Seuls quelques touristes cramoisis, courageux ou inconscients, bravent encore le soleil au zénith. Chaque miette de leur séjour mérite d'être savourée. Une rangée de filaos, déchaussés par les charges répétées des éléments, marque la limite du ruban de sable blanc. Dressés sur leurs racines dénudées à hauteur d'homme, ces monstres aux tentacules déformées semblent figés dans une tentative de fuite vers le large.

Comme tous les week-ends, les pique-niqueurs ont envahi l'arrière-plage. L'équipement des différents groupes varie. Tables et chaises de jardin en plastique pour les plus organisés. Simples nattes ou serviettes jetées au sol pour d'autres. Glacières colorées et marmites en grand nombre dans tous les cas. Pique-niquer ne signifie pas manger sur le pouce. Les fumets des carris se mêlent au brouhaha qui remplit l'air chaud. Conversations, rires, son d'instruments traditionnels et musiques crachées par les radios se concurrencent.

Un serveur apporte les boissons commandées par Carole et Pierre. L'homme de la table voisine en profite pour l'alpaguer. Sa femme et lui patientent depuis vingt minutes. Ils sont assoiffés. C'est inadmissible de traiter ainsi des clients. Le garçon présente des excuses et file vers le bar.

— Le pauvre, commente Pierre, il en a pris pour son grade.

Carole hausse les sourcils et ne commente pas.

— Merci pour tout.

Aucun rapport avec la scène qui vient de se dérouler. Trois mots pour traduire maladroitement sa reconnaissance. Son ami se contente de lui adresser un clin d'œil tout en portant son verre de bière à ses lèvres. Carole porte les stigmates de sa première semaine de deuil. Ses yeux tuméfiés se devinent derrière ses lunettes de soleil. Ses cheveux, plats et ternes, encadrent son visage blême qui semble avoir fait un saut dans le temps. Sèche, sa peau imite le carton. On croirait que par solidarité avec Yves, la vie s'est aussi échappée d'elle. Son corps, amaigri, flotte dans un pantalon de lin kaki et une tunique imprimée, qui paraissent empruntés à une personne de plus forte corpulence.

La veille, elle a enterré son mari. De belles funérailles à la hauteur de la popularité d'Yves. Une foule compacte avait envahi la petite église de l'Étang-Salé-les-Hauts, débordant jusque sur le parvis. Vagues cousins, amis plus ou moins proches, salariés, connaissances, relations de travail, élus locaux ou parfaits inconnus s'étaient agglutinés autour d'elle. Leurs bouches, tombes béantes comme celle qui allait engloutir son époux, avaient murmuré des condoléances. Des phrases de réconfort rendues inaudibles par le cri de douleur qui remplissait sa tête. Elle hurlait son refus de voir Yves disparaître dans un trou. Cri silencieux que personne n'entendait. La vision du cercueil avait accentué son sentiment d'horreur absolue. Son amour enfermé dans une boîte. Pour l'amour de Dieu, faites-le sortir ! avait-elle eu envie de supplier. Un combat contre sa peine, mené durant toute la cérémonie, dont elle n'avait rien laissé deviner. Jusqu'à son retour chez elle. Là, le barrage avait cédé. Un lâcher-prise dicté par son instinct de survie qui lui commandait de libérer le flot de ses émotions. Enfermée dans sa chambre, c'est d'abord l'épouse qui avait pleuré. Puis, ses chagrins refoulés de petite fille, enfin autorisés à s'exprimer, avaient afflué.

Soûlée par les larmes, Carole s'était endormie. Les premières lueurs du jour l'avaient réveillée. À côté d'elle, la place vide qu'aucun corps n'avait tiédie. Un nouvel accès de tristesse s'annonça. Elle le refusa. Yves était mort. Disparus, son odeur, sa voix, son rire. Ne pas l'accepter équivalait à mourir aussi, pressentait-elle. Au fond d'elle, pourtant, un désir de vivre frémissait. À peine perceptible mais présent. Le préserver pour se sauvegarder. L'entretenir pour avancer.

Carole revient dans l'instant sur le souvenir de cette détermination.

— Cette chaleur, le soleil... c'est bon. On ne prenait plus le temps de se poser comme ça, Yves et moi...

Stop. Pas de regret. Pierre comprend et enchaîne sur une généralité.

— C'est le lot de tous les couples, le quotidien finit par l'emporter.

— C'est pour ça que tu n'as jamais vécu avec quelqu'un ?

Des rencontres éphémères ponctuent la vie amoureuse de Pierre.

— Aucun homme ne veut d'un vieux grincheux amoureux de sa solitude.

Des pirouettes. La façon de Pierre d'esquiver le sujet de sa vie amoureuse. Carole n'insiste pas.

— Moi, je n'ai jamais vécu seule. Pourtant j'étais seule. Je m'en suis rendu compte après le départ des enfants. Yves était toujours par monts et par vaux et à part toi, je n'ai pas d'amis.

Carole tire sur sa paille et poursuit :

— Je rends visite à mes parents deux fois l'an, je n'ai rien à leur raconter, ni à mes frères d'ailleurs. On s'est éloignés les uns des autres.

— Vous n'avez jamais été proches, la reprend Pierre, sans détour.

Pierre a été le premier confident du sentiment de Carole d'être le vilain petit canard de sa famille. Un sentiment qui les avait rapprochés. Pierre se sentant, lui aussi, étranger parmi les siens.

— C'est vrai. Mais en me mariant avec Yves, j'ai creusé le fossé qui existait déjà entre nous.

Le père de Carole, ouvrier agricole, avait gagné une misère en s'échinant sur des terres appartenant à d'autres. À l'opposé, bien que dépossédés de la majorité de leurs biens par des revers de fortune divers, les Baron descendaient de propriétaires terriens. « Petits Blancs » versus « gros Blancs ». Une histoire qui durait. Deux mondes qui se regardaient sans s'opposer mais sans se mélanger outre mesure. L'ambiance contrainte des premières réunions familiales avait rapidement convaincu Carole de renoncer à toute tentative de rapprochement entre les deux clans. Ses parents s'enfermèrent, dès lors, dans la certitude qu'elle avait honte de ses origines et se drapèrent dans leur dignité blessée par cette supposée trahison.

Pierre attaque l'assiette de poisson grillé que le serveur vient d'apporter. L'espadon fond dans la bouche. Une gorgée de vin blanc. Ses papilles frétillent.

— Toi, c'est ton mariage qui t'a fait prendre des distances avec ton milieu social, et moi, c'est mon métier. Un professeur parmi des quasi-illettrés. Mon métier et mon homosexualité, évidemment. Je suis un extraterrestre pour mon père et mes frères. On ne partage pas grand-chose, si ce n'est mon penchant pour l'alcool, ironise-t-il en levant son verre.

L'autodérision de Pierre amène un sourire sur les lèvres de Carole. Un sourire vite balayé par une pensée, provoquée par la vision du verre à vin. Les techniciens en identification criminelle ont examiné tous les verres utilisés pendant la soirée et n'ont détecté aucune trace d'oléandrine, la substance mortelle contenue dans le laurier-rose. Le délai d'action du poison exclut qu'Yves ait pu être assassiné plus tôt dans la journée de vendredi. L'assassin lui a bien administré le poison pendant la réception donnée ce soir-là. Toutes les personnes présentes, en majorité ses employés, ont été interrogées. Pas une seule piste. Le front plissé de Carole inquiète Pierre.

— Qu'est-ce qu'il y a ?
— Qu'est-ce qui a pu pousser un de nos salariés à tuer Yves ? Je veux dire, comment on se dit, à un moment donné, que le meurtre est la seule issue ?

Carole a écarté d'emblée l'éventualité qu'un membre de leur famille ait pu accomplir ce geste. Pour Pierre, au contraire, Anaïs, Antoine, François ou Christelle sont les premiers suspects. Le plus souvent, les criminels ne se trouvent-ils pas parmi les proches de la victime ? Ses connaissances en la matière ne reposant que sur ces lectures assidues d'histoires policières, il s'abstient de partager son avis avec son amie. Inutile de la perturber avec ses théories. Il laisse le serveur poser une bouteille d'eau sur la table avant de répondre.

— À part les déséquilibrés et ceux qui tuent par accident, les personnes qui en arrivent à cette extrémité estiment toujours le faire pour une bonne raison, j'imagine. Une menace de licenciement peut devenir un motif valable pour quelqu'un qui est acculé. Quelqu'un pour qui garder son travail signifierait avoir la garde de ses enfants, par exemple.

Carole le fixe.

— Quelle que soit cette raison, je veux la connaître, lâche-t-elle. Je veux comprendre ce qui s'est passé.

— Les gendarmes trouveront qui a fait ça, la rassure Pierre.

— Je n'en doute pas, mais quand ? Ça va durer des mois. J'ai besoin de tourner la page. Quand je saurai pourquoi il est mort, je pourrai penser à autre chose.

— Je comprends, ma douce, mais que veux-tu qu'on fasse ?

— Aide-moi à trouver l'assassin.

L'idée lui est venue à l'instant. Passer à l'action. Ne pas subir. C'est ce qui la sauvera. C'est une évidence.

— On mènerait notre propre enquête, enchaîne-t-elle face à un Pierre ébahi, quelques recherches informelles qui pourraient aider les gendarmes.

Pierre secoue la tête.

— C'est moi qui ai ce genre d'idées folles normalement, et toi, tu es là pour me raisonner. Tu veux qu'on inverse les rôles ? Alors, oublie ça. Tu te rappelles ce que je fais dans la vie ? Professeur. Pas détective.

Ses arguments glissent sur Carole, arc-boutée contre son idée.

— Tu es intuitif, perspicace. Tu n'as pas ton pareil pour gagner la confiance des gens, tout le monde te mange dans la main. À toi, les salariés confieront ce qu'ils ne dévoileront jamais aux gendarmes.

— La flatterie ne sert à rien. Juste par curiosité, à quelle occasion tes employés s'épancheraient auprès de moi ?

Elle réfléchit quelques secondes.

— Je ne sais pas encore. On trouvera un prétexte quelconque pour expliquer ta présence dans l'entreprise pour que tu aies tout le loisir de fouiner.

Moins d'un quart d'heure de discussion suffit pour entamer la résistance de Pierre. Cette opportunité de sortir de sa vie routinière le tente plus qu'il n'ose se l'avouer.

— Dis oui, Pierre, s'il te plaît, le supplie-t-elle d'un ton grave et pressant. J'ai besoin d'agir, ajoute-t-elle, le sentant prêt à capituler. M'occuper l'esprit m'empêchera de sombrer dans la dépression.

Vaincu, Pierre acquiesce. À la fin du déjeuner, les deux amis ont élaboré le plan qui permettra à Pierre d'intégrer la société dès la semaine suivante afin de démarrer son enquête.

7

Carole enfile un maillot de bain. La maison, silencieuse l'a accueillie à son retour de l'Ermitage. Sur le réfrigérateur, un post-it rose vif, pour l'informer que Romain avait rejoint des amis à la plage. Elle a incité son fils à se changer les idées. Ressasser les circonstances de la mort de son père ne constitue pas une activité. Et ce d'autant moins que Romain a le triste avantage des connaissances médicales. L'étudiant en médecine n'ignore rien de l'action du poison qui a tué Yves et des souffrances endurées sous son effet avant que le cœur s'arrête.

Se retrouver seule chez elle va à l'encontre des recommandations du lieutenant Rousseau. L'assassin rôde toujours. Ces conseils de prudence lui traversent l'esprit alors que Carole s'avance vers la piscine, les pieds nus. Le besoin de s'immerger prend le dessus sur ses craintes. Se départir du poids de son corps et de la fatigue de sa courte nuit juste un instant. Pendant longtemps, elle a refusé de se plonger dans l'eau, la craignant comme on craint un animal non apprivoisé. Des mois de cours, motivés par la perspective d'accompagner Romain dans son apprentissage de la natation, ont muselé sa peur.

L'eau l'enveloppe. C'est doux à en pleurer. Quelques brasses hésitantes jusqu'au plus profond du bassin. Le monde extérieur s'estompe à mesure qu'elle s'enfonce dans les reflets bleutés de l'ardoise. Des émotions contradictoires l'assaillent. Tristesse. Satisfaction d'avoir choisi de s'en sortir. Culpabilité de continuer à vivre après Yves. Son instinct lui dicte de les autoriser à la submerger. Les accepter pour mieux les dompter. Leur octroyer une juste place pour les empêcher de gangrener son esprit. L'air lui manque. D'une poussée du pied, elle se projette vers la surface et se hisse sur la margelle.

Une alerte de son téléphone portable, posé sur un transat, lui rappelle qu'elle doit voir Nathalie. Sa belle-sœur l'a contactée plus tôt dans l'après-midi. « Une promenade en forêt nous ferait du bien, qu'est-ce que tu en penses ? » Pas grand-chose, mais elle a accepté. Nathalie recherche sa compagnie depuis la mort d'Yves. En ce qui concerne Carole, toute distraction est la bienvenue, y compris la conversation un peu superficielle de Nathalie. Elle s'habille et parcourt, en voiture, les quelques kilomètres qui la séparent du lieu de rendez-vous.

Pas de Nathalie en vue à son arrivée sur le parking. Des hommes jouent aux boules entre les deux rangées de voitures. De l'autre côté de la route, le velours vert clair du parcours de golf se devine à travers les arbres. Carole descend de sa 3008 et se dirige à l'opposé pour mieux profiter de la vue sur une vaste étendue d'herbe haute et sèche. Une clairière aux airs de savane africaine, que le soleil de fin d'après-midi colore de teintes orangées. Pas de lion mais des nuées de « becs roses », à la recherche de nourriture, qui alternent envols et brusques plongées dans la végétation. Au loin, sur le Piton Reinette, des arbres rabougris dessinent des traces sombres.

De-ci, de-là, le rouge des flamboyants en fleur avertit de l'imminence des fêtes de fin d'année. Est-ce qu'elle doit organiser un repas de Noël ? Oui. Vivre, presque normalement. C'est ce qui lui permettra d'aller de l'avant.

Le cabriolet de Nathalie se montre enfin. Carole attrape sa bouteille d'eau sur le siège passager et rejoint sa belle-sœur qui finit de se garer.

— Excuse-moi, je ne retrouvais plus mes clés, explique-t-elle à travers la vitre ouverte.

— Ne t'inquiète pas, je ne suis pas pressée.

Une maison vide l'attend.

— Je projette de faire de l'exercice depuis des mois, mais j'ai toujours une bonne raison de reporter, poursuit Nathalie. Je suis contente que tu aies accepté. Ça me fait du bien d'être avec toi, tu es la seule à pouvoir comprendre à quel point Yves me manque.

Cet aveu touche Carole. Elle prend gauchement sa belle-sœur dans ses bras. Une démonstration d'affection que sa personnalité introvertie n'a pas empêchée. Elle en est heureuse.

— On va par-là ? suggère-t-elle en pointant du doigt un sentier sur la droite.

Elles s'engagent sur le chemin sablonneux. Un couple et leurs deux enfants récoltent des gousses de tamarin parmi les feuilles mortes. De nombreuses espèces d'arbres se côtoient dans cette zone aride. « Bois noirs » aux houppettes odorantes, remplacées, en hiver, par des gousses dorées bruissant dans les alizés. Cassia de Siam explosant en grappes jaune vif, qu'un coloriste ne renierait pas. Les discrets bouquets mauve pâle des margousiers et leur parfum suave, vite masqué par l'exhalaison fraîche des eucalyptus après les pluies d'été.

— Je n'ai pas mis les pieds ici depuis vingt ans, au moins. On venait se promener par-là avec les enfants, se souvient Nathalie. La poussière et les cailloux faisaient râler Anaïs, mais Romain adorait ces balades.

— Une vraie peste, sauf quand son père l'accompagnait parce que là, elle pouvait marcher des kilomètres sans broncher.

— Vous vous êtes reparlé toutes les deux ? s'enquiert Nathalie, faisant allusion au froid entre Carole et sa fille.

— Statu quo. On a échangé sur l'organisation des obsèques et on s'est croisées à l'enterrement, mais rien d'autre.

— Ça va s'arranger, laisse-lui un peu de temps.

— Tu as discuté avec elle ?

La dizaine d'années qui sépare Anaïs de sa tante favorise une certaine complicité entre elles.

— On s'est vues avant-hier mais elle a éludé mes questions au sujet de votre dispute.

— On a de plus en plus de mal à communiquer, soupire Carole.

Nathalie hésite. Ne pas dévoiler les confidences de sa nièce ou en dire juste assez pour que la mère et la fille se comprennent mieux ?

— La mort d'Yves arrive à un moment particulier de sa vie. Elle voit une psy depuis quelques semaines. Ses rapports avec Yves et toi sont passés au crible. Vous aurez l'occasion d'en discuter, j'en suis sûre.

— J'irai lui parler, tranche Carole, j'aurais dû le faire depuis longtemps.

Son ton résolu surprend Nathalie, habituée à moins de détermination de sa part.

— L'année dernière, j'ai consulté quelqu'un moi aussi, confie la quadragénaire pour dévier la conversation.

Le sentier s'élargit, leur permettant de cheminer côte à côte. Un bruit de pas lourds et rythmés les avertit de l'approche de joggers. Elles s'écartent, les laissent passer.

— Quand Romain a quitté la maison, j'ai connu une période de dépression. D'après mon médecin, c'était le syndrome du nid vide. Et toi, qu'est-ce qui t'a amenée chez un psy ?

— Une mauvaise passe l'année dernière. Paul a appelé ça ma « crise de la quarantaine ». En réalité, une prise de conscience soudaine de n'avoir rien fait de ma vie. Pas de travail. Pas d'enfants. Je me suis sentie inutile tout d'un coup.

— Je suis désolée, je ne m'étais même pas rendu compte que tu allais mal.

— Je n'en ai parlé à personne. Sauf à Paul, bien entendu. Mal m'en a pris, d'ailleurs.

— Qu'est-ce qui s'est passé ? demande Carole.

— « Je travaille dur pour t'offrir une vie de rêve, de quoi te plains-tu ? » Voilà ce que j'ai eu en retour, en résumé. J'ai compris que je devais me contenter d'être celle qu'il a rencontrée il y a dix ans si je voulais préserver mon mariage. Une femme gâtée et immature. Il ne veut pas que je grandisse, des fois que je n'aie plus besoin de lui après. J'ai renoncé à lui faire comprendre ce que je ressentais. Par lâcheté, je continue à m'appliquer à lui offrir ce qu'il attend de moi. Un jour ça me reprendra sans doute, on verra à ce moment-là.

Carole se tait, presque d'accord avec Paul. Comment pourrait-elle comprendre les velléités de changement de Nathalie ? Elle-même s'est satisfaite de son seul statut d'épouse et de mère sans se poser de questions à propos de ce qui aurait pu être. Et si j'avais voulu travailler ? se surprend-elle à imaginer, est-ce qu'Yves m'aurait encouragée ? Elle en doute, pariant plutôt sur une attitude semblable à celle de Paul. Nathalie et elle sont pareilles finalement. Des épouses qui se conforment aux souhaits de leurs maris. Des épouses avec pour mission de gérer les contraintes domestiques pendant que leurs hommes se construisent des carrières. Yves prétendait qu'il n'aurait rien accompli sans elle, se rappelle-t-elle. Affirmation qui la remplissait de fierté. Accompagner son mari dans ses projets aura été l'unique but de son existence ? Cette pensée la dérange. Elle s'en détourne.

— Tu irais jusqu'à te séparer de Paul si « ça te reprenait », comme tu dis ? questionne-t-elle.

— Peut-être. Ça m'a traversé l'esprit, je t'avoue. Je pense que je ne suis pas prête. Si je quittais Paul aujourd'hui, ce serait pour me précipiter dans les bras d'un autre. J'ai toujours été entourée d'hommes qui me protègent. Mon père d'abord. Yves ensuite. Puis j'ai rencontré Paul, qui se comporte de la même manière avec moi. Tous les trois m'ont entretenue dans la croyance que je suis incapable de me prendre en main.

— Yves pensait bien faire.

Elle le défend par réflexe.

— J'en suis persuadée. Il reste que c'était maladif chez lui, ce désir de nous prémunir de tout. Ma psy pense que ça peut avoir un lien avec la mort de notre sœur. D'après elle, pour une raison ou une autre, Yves se sentait coupable de ce qui est arrivé à Elsie.

Elsie. Carole exhume le prénom de sa mémoire. Yves n'a évoqué cette sœur qu'une seule fois devant elle. L'année de leur rencontre, lui semble-t-il. Elle n'en a plus entendu parler depuis.

— De quoi serait-il responsable, elle est morte à la naissance, non ?

— Elle s'est noyée, lui apprend Nathalie.

D'où Carole tire-t-elle l'idée que l'enfant était mort-née ? Yves lui aurait livré cette version ? Elle ne sait plus. Mort-née. Une conclusion qui découle du fait que, en plus de trente-cinq ans de vie commune avec Yves, personne de la famille Baron n'ait évoqué le moindre souvenir impliquant cette enfant ? Comme si elle n'avait pas existé.

— Je l'ignorais.

— Moi aussi. Quand j'ai commencé à fouiller notre histoire familiale pour tenter de résoudre mes problèmes existentiels, j'ai questionné Yves. On ne parlait jamais d'Elsie à la maison et l'accident est survenu bien avant ma naissance. Il m'a rembarrée, furieux que je remue ce qu'il a qualifié de « vieilles histoires ». Je n'ai pas insisté, mais ça a attisé ma curiosité.

— Comment as-tu appris les circonstances de sa mort, dans ce cas ?

— Augustine. J'ai dû lui tirer les vers du nez. Elle a fini par m'expliquer qu'à l'âge de quatre ans, Elsie s'était noyée sous les yeux d'Yves. Elle prétend qu'elle n'en sait pas plus.

Les révélations de Nathalie ne s'arrêtent pas là. Un détail étrange s'est révélé à elle lors de ses recherches concernant la fillette décédée. La date de la mort de la petite Elsie correspond à la date de naissance de François.

— Cette coïncidence m'a paru tellement bizarre que j'en ai parlé à Armelle, ma psy. Il paraît que certains parents qui perdent un enfant le remplacent par un autre, de façon inconsciente, évidemment...

Carole n'écoute plus, heurtée d'être restée dans l'ignorance d'un traumatisme qui a marqué son mari. À aucun moment, il n'a ressenti le besoin de partager ce fardeau avec moi ? se demande-t-elle avec un sentiment confus de trahison.

8

« Qu'elle me laisse tranquille », se répète François. Assis sur le bord du canapé, tendu, il se tord les mains. Christelle a fini par renoncer à le traîner au traditionnel déjeuner dominical dans sa famille. Non pas qu'elle tienne particulièrement à sa présence, mais elle a horreur qu'il lui résiste. « La Terre ne s'arrête pas de tourner sous prétexte que ton frère est mort. » Il a tenu bon. Un bras de fer exténuant. Un claquement de portière furieux. Le vrombissement du moteur de la Mercedes. Soulagé, il ferme les yeux. Elle est partie.

Quelques heures de répit. Il s'allonge. Un laisser-aller interdit en présence de son épouse. Tranquillité. Silence.

La Terre ne s'est pas arrêtée, effectivement. Le temps s'étire. La semaine s'est écoulée avec une lenteur insupportable. Malgré les récriminations de Christelle, François n'est pas retourné au bureau depuis le lundi précédent. Une seule sortie. L'enterrement d'Yves. Une succession de journées interminables à errer dans la maison vide. L'appréhension du retour de sa femme en fin d'après-midi. Des soirées à subir ses braillements. Demain, retour chez Baron Constructions. Le bureau vide d'Yves. La commisération de ses collègues. Le regard réprobateur de son assistante, Émilie. « Qu'est-ce que tu fais là ? Tu es totalement inutile », lui lanceront ses drôles d'yeux jaunes, chargés de mépris. Puis, de nouveau, la maison et Christelle. Est-ce qu'il aura la force de poursuivre ainsi ?

C'est cette même force qui lui manque déjà pour faire face à sa belle-famille aujourd'hui. Comment ai-je pu m'imposer leur présence pendant toutes ces années ? s'étonne-t-il. Les cinq frères et sœurs de sa femme se sont agglutinés autour de la case de leurs parents à La Ravine des Cabris sur des parcelles minuscules, issues du morcellement du terrain familial. La tribu se réunit en de nombreuses occasions pour faire la fête. Une véranda, aménagée à l'arrière de la maison de ses beaux-parents, permet de réunir quatre générations de Gentil. Les mal nommés. Ces réunions, où spontanéité et franc-parler prévalent, ont d'abord paru rafraîchissantes à François, habitué à des repas de famille à l'ambiance compassée. Au fil des années, son enthousiasme a faibli. La moquerie constitue l'unique mode de communication chez les Gentil. C'est à qui provoquera l'hilarité générale au détriment de celui-ci ou de telle autre. Pas de respect des plus jeunes envers leurs aînés puisque les adultes ne servent pas d'exemple. Les enfants interrompent les conversations à tout bout de champ tandis que les adolescents écoutent de la musique sur leurs smartphones comme s'ils étaient seuls au monde. Au milieu de ce charivari, sa belle-mère, omniprésente, opère en chef d'orchestre. Quelqu'un peut-il apporter du soda à table ? Et du whisky ? Il n'y en a plus. Elle s'agite dans des allers-retours erratiques entre la cuisine et les tables. Sa large face radieuse, rougie par la chaleur et l'excitation, raconte son bonheur de voir les siens rassemblés.

La présence de François dans ces réunions est incongrue. Quelle place peut occuper ce taiseux dans cette famille où le silence est proscrit ? Son absence de sens de la repartie aurait pu le transformer en bouc émissaire s'il n'avait trouvé une échappatoire. Pendant ces repas qu'il subit, il tient compagnie à son beau-père, handicapé moteur à la suite d'un accident vasculaire cérébral. Assis en retrait, à l'ombre d'un manguier, les deux hommes se tiennent compagnie et assistent au spectacle donné par le reste du clan. Ils ne se parlent pas, liés par une solidarité muette.

La sonnerie du portable fait sursauter François. L'écran affiche le prénom de sa femme. Il grimace. Que peut-elle bien vouloir ? Il décroche.

— Oui ?

Son ton est neutre malgré son état d'esprit.

— Vérifie que j'ai débranché le fer à repasser.

Un ordre. Le ton est cassant. Une énième agression.

— Je vérifie ça tout de suite, répond-il après une inspiration. Bonne journée...

Elle a raccroché. Il accède à l'étage d'un pas lourd. Le dressing-room est attenant à la chambre. Un espace d'une quinzaine de mètres carrés, aménagé du sol au plafond pour accueillir les innombrables tenues, chaussures et accessoires composant la garde-robe de Christelle. Étalage d'artifices qui échouent à la métamorphoser en dame distinguée. La classe ne s'achète pas dans les boutiques, mais Christelle l'ignore.

Un coup d'œil à la centrale vapeur confirme à François qu'elle est bien en position éteinte. La maîtresse de maison l'a utilisée le matin même en rouspétant contre l'incompétence de la femme de ménage.

Sa mission accomplie, François rebrousse chemin. Parvenu près du lit, il s'étend sur le dos. Las, au point de ne pas regagner le rez-de-chaussée.

La conscience de la vacuité de son existence l'obsède jusqu'à l'étourdissement. Un mal-être, anesthésié durant des années, qui s'est réveillé avec la mort d'Yves. Sans l'ombre protectrice de son aîné, le revoilà petit garçon craintif avec le sentiment de son incapacité à traverser la vie seul.

Lorsqu'il était enfant, Yves avait le pouvoir d'éloigner les êtres maléfiques qui, la nuit venue, faisaient craquer la charpente en bois de la maison familiale. Lors des passages des cyclones, quand le vent s'abattait sur le toit en bourrasques hurlantes, les paroles rassurantes de son grand frère l'aidaient à s'endormir. Sur le chemin de l'école, il ne craignait pas les enfants chahuteurs tant qu'Yves le tenait par la main. Le chemin de l'école s'était prolongé jusqu'à l'âge adulte. La main sécurisante avait pris d'autres formes. Yves avait balisé le parcours de François, lui évitant les écueils.

Sur qui peut-il compter désormais ? Personne. Cette lucidité sur sa solitude l'effraie. Plus de parents. Plus de frère. Pas d'enfant. Une femme qui le méprise. Est-ce qu'elle a jamais eu de l'affection pour moi ? se questionne-t-il. Probablement pas. Et lui, aime-t-il cette femme calculatrice et sans cœur ? Non. Passé la période d'avant leur mariage, elle avait dévoilé son vrai visage. Un visage qui n'incite pas à la chérir. L'amour, le vrai, François l'avait connu une seule fois. C'était il y a presque trente ans.

Il se lève. Il a conservé une photo d'Isabelle. Pour se prouver qu'elle a bien existé ? Ses pas le conduisent au garage. De vieux cartons sur les étagères du fond. Une boîte à archives. Au milieu de bulletins scolaires jaunis, un vieux cliché qu'il extirpe, fébrile. Devant la grille du lycée, Isabelle sourit à l'objectif. Lui sourit. Le soleil la gêne mais illumine sa peau noire. Sa main droite protège ses yeux, posant une ombre sur son visage.

L'adolescente appartenait à une famille pauvre de Saint-Louis. Quatrième d'une fratrie de huit enfants. Six pères différents. Celui d'Isabelle avait pris la poudre d'escampette avant sa naissance. Un milieu de toutes les carences où la petite fille avait poussé sans soin. Un buisson de « galabert » accroché à la pente inhospitalière d'une ravine. À dix-sept ans, lorsqu'elle avait rencontré François, son expérience des hommes se résumait aux gestes déplacés de ses « ti-pères » et à des rapports sexuels, plus ou moins consentis, avec des partenaires impatients. À l'aube de sa vie de femme, le non-respect de son corps de la part du sexe opposé lui apparaissait comme une fatalité.

François se démarqua des autres garçons dès leur première rencontre. Un jour de pluie. L'heure du déjeuner. Les lycéens s'entassaient dans les bars aux alentours de leur établissement. François céda sa chaise à Isabelle en rougissant. Une lueur inédite dans les yeux de ce garçon retint l'attention de la jeune fille. Pas de lubricité. De l'intérêt. Une conversation timide. Ils se revirent. François était prévenant. Isabelle expérimentait le bonheur d'être traitée comme une princesse. Un avenir amoureux autre que celui prescrit par sa condition était-il à sa portée ? Un sort différent de celui de sa mère, captive d'un système où enfanter était devenu un moyen de s'assurer un revenu. Allocataire à vie. Dépendante d'un organisme ou d'un autre. Isabelle voulut espérer, tout en tremblant à l'idée que ce futur heureux puisse n'être qu'un mirage. Sa douceur sortit François de l'isolement quasi autistique dans lequel sa fragilité le retranchait. Des débuts laborieux précédèrent une confiance empreinte de naïveté. Celle de celui qui aime pour la première fois.

Leur séparation le traumatisa d'autant plus. Un choc.

Le souvenir de la fin de leur histoire lui comprime le cœur. Il n'est pas guéri. Quelques mois après le début de leur idylle, Isabelle lui annonça qu'elle était enceinte. « Ma famille a de l'argent, ils nous aideront à trouver un logement. Je travaillerai, je m'occuperai de toi et du bébé », la rassura-t-il. Il confia ses projets à Yves. Sa conversation avec son frère aîné anéantit ses certitudes. Isabelle était-elle vraiment enceinte ? Il ne la connaissait que depuis quelques mois, pouvait-il se fier à elle ? Il ne serait pas le premier jeune homme de bonne famille abusé par ce genre de filles. Embrouillé par toutes ces questions sans réponse, François se fourvoya. Il partagea ses doutes avec Isabelle. Ils étaient trop jeunes pour avoir un enfant. Un avortement serait mieux pour tout le monde. Sa famille prendrait les frais à sa charge. Les vacances de décembre allaient débuter. Une décision devait être prise rapidement. Cette dérobade inattendue meurtrit Isabelle. Ce salaud ne valait pas mieux que ceux qu'elle avait connus avant lui. Il était pire, même. Il lui avait fait miroiter un autre destin. Une échappatoire à son milieu. L'humiliation s'ajouta à la déception quand sa propre famille s'amusa de sa crédulité. Dans les semaines qui suivirent leur discussion, François tenta de la revoir. En vain. Il se rendit chez elle. Elle était partie s'installer chez une tante en métropole, lui apprit la mère d'Isabelle. « Ma fille va se marier avec un zoreil », précisa-t-elle, narquoise. Yves avait raison. Isabelle avait échoué à le prendre dans ses filets et s'était tournée vers une autre proie. Elle s'était jouée de lui.

Il tamponne ses yeux avec le bas de son T-shirt. Continuer à vivre ? Pour quoi ? Pour qui ? En finir ? Rejoindre Yves ? Une option qui s'impose de plus en plus comme l'unique porte de sortie. Le supplice de son existence peut s'achever aujourd'hui.

9

Le lendemain de Noël. Carole a convoqué les associés de Baron Constructions au siège de l'entreprise. Le testament d'Yves a fait d'elle la principale actionnaire. Une responsabilité qui la terrorise. Conformément aux dernières volontés de leur père, les participations d'Anaïs et de Romain ont aussi augmenté, tandis que François et Nathalie sont devenus parties prenantes à l'affaire. Les statuts de la société prévoient une procédure d'agrément des nouveaux associés. Un prétexte idéal à cette réunion qui permettra à Carole d'annoncer la mission de Pierre au sein de l'entreprise. Ce dernier a exercé dans un cabinet d'expertise financière avant de devenir enseignant. Carole le charge officiellement d'effectuer un audit. Une justification à sa présence pour démarrer leur enquête. Treize jours que les gendarmes cherchent. Rien de nouveau. Sa détermination à trouver le coupable s'affermit chaque jour. La perspective de démasquer l'assassin la maintient debout. Même le suicide de François et le choc qu'il a provoqué chez elle ne doivent pas la détourner de ce but.

Le dimanche précédent, en rentrant chez elle, Christelle avait découvert son époux, pendu au manguier, dans leur jardin. Selon ses déclarations, rien, dans son attitude, ne laissait présager un tel dessein. « Il n'allait pas plus mal que d'habitude », avait-elle précisé comme pour se dédouaner de n'avoir rien perçu de ses funestes intentions. L'interprétation qu'elle donnait à ce geste ? Son mari ne se remettait pas de la mort de son frère. Les mots griffonnés par François avant de se tuer confortaient cette idée. « La vie me pèse trop. Je pars rejoindre Yves. » À côté de sa lettre, la photo vieillie d'une jeune fille. Aucun des proches de François ne l'avait identifiée. L'éventualité que ce suicide soit un aveu de la culpabilité du meurtre d'Yves avait été envisagée par les enquêteurs. Une éventualité vite écartée. Ni la relation entre les deux frères, ni le tempérament de François ne permettaient d'alimenter cette piste.

Le geste désespéré de François, comme toute son existence, devait se lire à la lumière de la correspondance entre la date du décès de sa sœur, Elsie, et celle de sa propre naissance. Une fausse coïncidence. François avait été un enfant de remplacement. Un gamin à qui ses parents avaient inconsciemment confié la lourde tâche de se substituer à la petite morte. Son manque de caractère ou sa prise en charge par son frère aîné constituaient des caractéristiques de ces personnalités fragiles. Pour elles, le suicide représentait un épilogue fréquent à des années de mal-être diffus. Fruit du deuil non achevé de ses parents et du secret entretenu autour de la disparition d'Elsie, François avait erré jusqu'à ne plus entrevoir d'autre issue que la mort.

Vers 17 h 45, au volant de sa 3008, Carole passe le portail de la société. Romain l'accompagne. La sonnerie de son téléphone retentit au moment où ils descendent de voiture.

— C'est Anaïs, je te rejoins, chuchote-t-il à sa mère en décrochant.

Les rôles se sont inversés depuis la mort d'Yves. Romain endosse le costume du grand frère. Soutenir sa sœur l'empêche de tomber. Leurs réactions se répondent et se complètent face à l'horreur de l'assassinat de leur père. Elle, torturée par un sentiment d'injustice et l'incompréhension. Lui, culpabilisant de penser qu'Yves n'a pas été ciblé par hasard.

Carole s'éloigne d'un pas rapide vers l'entrée. Le parking est presque désert. La plupart des employés sont partis. La réunion est prévue à 18 heures. Pierre, d'ordinaire très ponctuel, n'est pas arrivé. En prenant l'escalier pour accéder au premier étage, Carole croise Émilie Gereven. La jeune femme la salue. La famille Baron a tout son soutien dans les épreuves qu'elle traverse, assure-t-elle.

— Merci, répond Carole, nous comptons sur vous. Le service repose sur vos épaules maintenant que François n'est plus là.

« C'était déjà le cas de son vivant », se retient-elle de rétorquer.

— Je ferai de mon mieux. Bonsoir, madame Baron.

En haut des marches, Carole envoie un SMS à Pierre. « Qu'est-ce qu'il fabrique ? », s'impatiente-t-elle. Nerveuse, elle aurait souhaité qu'il soit à ses côtés pour entrer dans l'arène. Elle piétine au premier pendant des minutes interminables. Le voilà.

— Dépêche-toi, on va être les derniers, l'interpelle-t-elle.

— Désolé. Je me suis fait avoir par les bouchons.

Pierre la suit jusqu'à la salle de réunion. Christelle et Nathalie, installées dans les fauteuils à haut dossier, se lèvent à leur arrivée. Christelle n'a d'une veuve que la tenue alors que Nathalie n'est que l'ombre d'elle-même, surnageant grâce aux anxiolytiques délivrés par son mari. Moins proche de François que d'Yves, elle accuse tout de même le coup de cette seconde perte qui fait d'elle l'unique survivante de sa fratrie.

Un frisson parcourt la peau de Carole. Est-il causé par l'air frais diffusé par le climatiseur ou par le souvenir d'Yves, assis au bout de la table en bois massif, présidant l'assemblée générale annuelle ? Chasser cette vision. Il faut que je me concentre, se discipline-t-elle. Aujourd'hui, c'est elle qui présidera la séance. Son estomac se serre d'angoisse à cette pensée. Jusqu'à présent, elle n'avait d'associée que le nom, ne participant qu'à de rares occasions au fonctionnement de Baron Constructions. S'exprimer devant un auditoire n'est pas un exercice auquel elle est rompue. Son stress, qui s'accroît à mesure que l'heure fatidique approche, la maintient en retrait de la conversation entre ses belles-sœurs et Pierre. Un expresso ? propose Nathalie. Non, merci. Son cœur joue déjà du djembé. Des respirations profondes ne parviennent pas à l'apaiser.

Antoine et Anaïs pénètrent dans la pièce, accompagnés de Romain. Serrement plus marqué dans sa poitrine à la vue du visage hostile de sa fille. Ses oreilles bourdonnent.

Chacun prend place. Le moment pour Carole d'attaquer son discours d'introduction, répété avec Pierre. Rester debout. C'est mieux, a dit Pierre. Les mains à plat sur la table pour les empêcher de trembler. Compter jusqu'à trois. Se lancer.

— Merci à tous d'être présents malgré les événements tragiques que connaît notre famille. Nathalie, Christelle, je vous souhaite la bienvenue en tant que nouvelles associées de Baron Constructions.

Débit trop rapide. Ralentir. Ralentir.

Un sourire de Nathalie pour encouragement. Un discret mouvement de tête chez Christelle. L'air manque à Carole. Une pause. 1, 2, 3, compte-t-elle lentement.

— Il y a quelques jours, les enfants et moi avons décidé de confier la gestion quotidienne de l'entreprise à Antoine. Je le remercie d'avoir accepté cette responsabilité.

Antoine interroge Anaïs du regard. Ses mots signifient-ils la fin de son intérim ?

— Si tu pouvais faire court, maman, intervient Anaïs. Commence par nous expliquer la présence de Pierre. C'est une réunion d'associés, non ? Sans vouloir t'offenser, conclut-elle à l'adresse de l'ami de sa mère.

Pas de souci. La question ne l'offusque pas.

— J'y venais, ma chérie.

Une grande inspiration.

— J'ai demandé à Pierre de réaliser un état des finances de la société, lâche-t-elle enfin.

L'annonce fait son effet. Personne ne s'attendait à une telle décision de sa part. Les hostilités démarrent avec Anaïs.

— Si tu n'as pas confiance en Antoine, pourquoi lui avoir confié le poste de papa ?

Une riposte que ces entraînements avec Pierre lui ont permis d'anticiper.

— Ça ne change rien à la situation d'Antoine. Je continue à penser que l'expérience qu'il a acquise chez nous et ses qualités relationnelles font de lui l'interlocuteur idéal pour rassurer nos clients sur la poursuite de l'activité. En plus, pour les salariés, c'est important qu'un membre de la famille prenne le relais, mais...

Son regard s'arrête sur son gendre à qui elle s'adresse directement :

— Les finances ne sont pas ton domaine de prédilection, tu es d'accord avec moi ?

Rien à objecter. Antoine déchante. Lui qui pensait avoir les coudées franches. Retomber sur ses pattes. Sa spécialité. La meilleure attitude à cet instant ? Jouer la conciliation.

— Tu as raison, Carole, je ne suis pas spécialiste des finances mais je suis sûr que j'apprendrai beaucoup avec Pierre.

Les yeux verts d'Anaïs le fusillent. Décidée à en découdre, elle prend la direction opposée.

— Ce qui reste à prouver. C'est quoi les compétences de Pierre en finances ? Il est prof, il me semble.

— Oui, professeur de comptabilité et gestion, acquiesce Pierre avec un calme olympien. J'ai aussi travaillé dans un cabinet d'audit financier à une époque. J'ai quelques restes en la matière.

— Tu peux aussi me rétorquer que nous avons un comptable et un expert-comptable, mais ils parlent une langue que je ne comprends pas encore, s'interpose Carole. Je vais devoir m'intéresser à des informations qui me sont étrangères et j'ai confiance en la pédagogie de Pierre pour m'y aider.

Une nouvelle flèche d'Anaïs, empreinte d'ironie cette fois.

— Tu nous as réunis pour quoi, exactement ? Tu n'as pas besoin de notre bénédiction, que je sache.

Carole voit rouge. Ce ton acerbe l'insupporte.

— Je pense agir comme Yves l'aurait souhaité. S'il m'a donné le pouvoir de décider seule, c'est qu'il me faisait confiance pour défendre les intérêts de l'entreprise. À défaut de me respecter, respecte au moins la volonté de ton père.

Et vlan, se dit Pierre, bien envoyé. Un dernier regard de défi vers sa mère puis Anaïs quitte la salle, suivie d'Antoine. Surprise de l'autorité dont elle a fait preuve, Carole demeure sans réaction durant quelques secondes.

— Restons-en là pour aujourd'hui, vous voulez bien ? bredouille-t-elle, le regard embué.

Pierre s'approche.

— Anaïs est malheureuse, elle ne sait pas à qui s'en prendre, la réconforte-t-il.

Une légère pression sur sa main pour le remercier. Romain et Nathalie les rejoignent. Sa belle-sœur l'entoure de ses bras.

— Tu m'as bluffée, je ne te reconnais pas, lui chuchote-t-elle.

Pas étonnant. Carole ne se reconnaît pas elle-même. Une femme affirmée se cache-t-elle derrière l'épouse effacée ? Timidement, pointe en elle le contentement de s'être dépassée, terni cependant par l'inquiétude d'avoir rompu le dialogue avec sa fille en la rabrouant en public. Une confrontation avec Anaïs s'impose, mais cette perspective l'effraie davantage que n'importe quelle réunion d'actionnaires.

10

— On se fait livrer une pizza ? propose Romain en s'installant au volant de la 3008, après la réunion avortée.

— Bonne idée, mon chéri.

Réponse distraite. Les pensées de Carole peinent à s'écarter de sa dispute avec Anaïs. Leur relation pèche habituellement par le manque de communication, mais Carole regrette presque leurs échanges passés. Formels mais pondérés. L'agressivité a remplacé l'intérêt poli que lui accordait sa fille avant la mort d'Yves. D'ailleurs est-ce le décès de son père le déclencheur, ou ces séances chez le psychologue dont lui a parlé Nathalie ? Elle penche pour cette seconde option, se souvenant de la froideur de sa fille depuis quelques semaines. Carole ne doute pas qu'Anaïs ait des griefs envers elle, consciente du fossé qui s'est creusé entre elles au fil des années.

— Tu t'es débrouillée comme une chef, petite maman, tu vas finir par prendre la place de papa, plaisante Romain pour la sortir du silence.

— Ne te moque pas, ça a été une véritable épreuve.

Pas envie de s'appesantir. Calée dans son siège, elle contemple le profil de son fils. Un homme, maintenant. Un beau jeune homme aux cheveux châtain foncé, trop longs. Bouclés comme ceux d'une fille. Des cils recourbés qui adoucissent son regard bleu foncé. D'ici quelques jours, Paris et la faculté de médecine le lui raviront de nouveau. Profite de sa présence au lieu de ruminer, se sermonne-t-elle.

— Tu ne m'as pas donné de nouvelle de ta bande, se force-t-elle.

La bande. Le groupe de copains d'enfance que Romain retrouve pendant les vacances d'été à La Réunion. Des étudiants pour la plupart. Le voilà lancé. Marion part aux États-Unis au semestre prochain. Simon fera son stage de dernière année au Gabon. Le Gabon, il fallait y penser, non ? La voix de son fils la berce. Des bouffées de jasmin de nuit lui parviennent par la vitre ouverte. Romain imite un ancien professeur en racontant une anecdote. Elle rit.

La Peugeot entre dans l'impasse conduisant à la villa. À distance, Romain actionne l'ouverture du portail en bois qui permet l'accès à la propriété. Il gare la voiture dans l'allée. La maison et ses extérieurs, éclairés par mesure de sécurité, ne dénotent rien du caractère lugubre que l'on prête habituellement aux lieux de crime.

À l'intérieur, un dépliant, punaisé sur le tableau en liège de la cuisine, renseigne Romain sur le menu d'une pizzeria.

— Tu veux quoi comme pizza ? demande-t-il à sa mère.

— Peu m'importe. Sauf celle à la saucisse, rajoute-t-elle après réflexion.

Les pizzas « créoles » sont trop éloignées de l'original pour qu'elle leur trouve un intérêt.

— Ce sera une napolitaine, alors. Simple et efficace.

— Parfait.

Pendant qu'il commande, Carole lave de la roquette pour compléter le repas.

— Pas avant une demi-heure, ils m'ont dit. C'est long, se plaint Romain quand il raccroche.

— Rappelle-toi que tu n'es pas à Paris. C'est déjà miraculeux qu'ils livrent jusqu'ici.

Résigné, il part à l'assaut des placards de la cuisine, à la recherche de nourriture.

— Je meurs de faim, tu as des chips à grignoter en attendant ?

— Dans l'angle en bas, le guide Carole. Tu ne devrais pas manger ces cochonneries avant le dîner.

— Je le fais seulement quand je dois attendre des pizzas pendant trois plombes, rassure-toi.

— Sers-nous quelque chose à boire au lieu de dire des bêtises.

— Du vin ?

— Du rouge, oui.

Une bouteille est extraite de la cave installée par son père. Le bouchon subit une inspection en règle de la part de Romain.

— Qu'est-ce que... ? commence Carole avant de comprendre. L'empoisonnement laisse des traces même chez ceux qui n'en sont pas les victimes directes. Chaque gorgée ou bouchée les ramène au meurtre. La substance toxique est inoculée à ceux qui restent. Le poison de l'esprit.

Les verres ? Romain ne les trouve pas. Il ne trouve jamais rien. Une constante depuis son enfance. Ils s'en amusent pour éloigner le malaise qui a plané quelques secondes auparavant. « Là », lui indique Carole après qu'il a ouvert plusieurs portes au hasard. Il apporte un verre de côtes-du-rhône à sa mère. Ils trinquent.

— Je suis heureuse que tu sois là, mon Romain, malgré les circonstances.

— Moi aussi, mamounette, lui confie-t-il avec un sourire tendre.

Instant rare. Romain abandonne ce ton léger, teinté d'humour, paravent qui masque sa sensibilité. Carole se hisse vers lui pour lui poser un baiser sur la joue. Il l'étreint.

L'interphone les sépare. Le livreur de pizza.

Ils dînent dans la cuisine. Le vin est délicieux. Le moment aussi. Si les choses pouvaient être aussi simples avec Anaïs, regrette Carole. Un soupir dont la signification n'échappe pas à Romain.

— Ça va aller, maman, je te le promets.

Il prend la main de sa mère par-dessus la table et la retient. Ce geste ébranle les défenses de Carole. Ses yeux s'embuent. Elle balance entre le désir de protéger son fils et de s'épancher. C'est un adulte. Elle peut se montrer telle qu'elle est actuellement. Fragile.

— Je ne sais pas comment arranger ma relation avec ta sœur, je n'ai jamais su m'y prendre avec elle. J'ai l'impression qu'on est des étrangères l'une pour l'autre et, depuis la mort de ton père, c'est de pire en pire.

— Pour Anaïs, tout tournait autour de papa. C'est normal qu'elle soit déboussolée, avance Romain.

— Bien sûr, mais il n'y a pas que ça. Sa colère est surtout dirigée contre moi, tout est prétexte pour m'agresser alors que je voudrais qu'on se soutienne. Elle ne se rend pas compte que c'est difficile pour moi aussi ?

— Tu n'exprimes pas grand-chose, c'est peut-être pour ça « qu'elle ne se rend pas compte », comme tu dis.

Il n'a pas tort.

— On pense que les gens qu'on aime savent lire entre les lignes, mais ce n'est pas toujours vrai. Toi, tu me comprends sans que j'aie besoin de parler.

Les émotions des autres. Romain les absorbe. Un peu trop ? Avant qu'il n'apprenne à s'en protéger, il en a souffert. Des blessures qui l'ont obligé à se barricader dans le flegme qu'il affiche.

— Ça dépend de la capacité d'empathie des gens, l'amour que tu leur portes ou pas n'y est pour rien.

La logique de son fils l'étonne toujours. Une objectivité et un sens de la réalité dont pourraient s'inspirer des personnes plus expérimentées, y compris elle. Un orgueil de mère la submerge.

— Je suis fière de toi.

Le visage de Romain se rembrunit à cette déclaration.

— Papa ne m'a jamais dit ça.

Cette parole d'enfant blessé, prononcée par un gaillard d'un mètre quatre-vingts auquel une barbe de deux jours donne un air de baroudeur, est déconcertante. Le verre que Carole porte à ses lèvres s'arrête en chemin. Romain n'a pas parlé de son père depuis sa disparition. Le temps est venu. Elle l'encourage à poursuivre.

— Qu'il était fier de toi ? Bien sûr qu'il l'était.

Les yeux incrédules de Romain la fixent.

— Tu crois ?

— Évidemment ! Il fanfaronnait auprès de ses amis à chaque nouvelle année d'étude que tu réussissais.

— Ben, tu vois, je ne le savais pas.

— Ton père n'était pas à l'aise quand il s'agissait de sentiments. On n'est pas très expansif chez les Baron, tu sais bien.

— Il y arrivait bien avec Anaïs.

Le ton est neutre, mais la phrase lourde de sens. Carole a redouté cette remarque pendant des années, mais Romain ne s'est jamais montré affecté par l'évidente préférence de son père pour son aînée. Le deuil est en train de déterrer la peine qu'il a dissimulée. Quel que soit leur âge, les enfants sont pleins de surprises, se dit Carole. Elle tente une explication.

— Les pères ont souvent une relation très forte avec leur fille.

— Au détriment de celle qu'ils sont supposés avoir avec leur fils ?

L'ironie de Romain exprime sa lucidité à propos de ce qui s'est joué dans la fratrie.

— Il admirait tellement ma sœur que j'ai toujours cru ne pas être à la hauteur de ses attentes, poursuit-il. Est-ce qu'il en avait, des attentes me concernant, d'ailleurs ? Je ne sais pas. Tout ce qu'Anaïs faisait était fantastique, moi j'étais juste normal. Le bac S avec mention, la prépa, la faculté de médecine. Normal.

C'est dit sans aigreur. La tristesse domine. Comment le contredire ? Romain a raison. Yves n'a pas su communiquer avec son fils, comme elle-même a échoué dans ses rapports avec Anaïs.

— Pourquoi tu ne m'as rien dit de tout ça, avant ?

— Parce que c'est avec papa que je devais en parler. J'avais l'intention de le faire. Je n'en ai pas eu le temps.

Le cœur de Carole se sent à l'étroit dans sa poitrine. Comment l'aider ? Faire en sorte qu'il exprime son chagrin.

— Je veux bien écouter ce que tu devais lui confier.

Le jeune homme marque une pause.

— D'abord, lui rappeler que je l'aimais. Je ne lui avais pas dit depuis l'école maternelle.

Une gorgée, pour avaler l'émotion avant de continuer.

— Il le savait. Il savait que tu l'aimais, affirme Carole.

— Je voulais lui expliquer que, parfois, quand il était de passage à Paris, je prétextais des cours pour éviter qu'on se voie. Ce n'est pas que je ne voulais pas, mais je trouvais que nos rencontres sonnaient faux. On échangeait des banalités alors qu'on ne s'était pas dit l'essentiel. C'était creux, tu vois ce que je veux dire ?

Carole hoche la tête. Elle voit, oui. Les mots de son fils pourraient s'appliquer à la relation qu'elle entretient avec Anaïs. Une relation dont elle pressent les lacunes sans posséder les clés pour les corriger. Une relation à laquelle font défaut des échanges vrais et profonds. Ceux auxquels Romain fait allusion. Yves a raté le coche avec Romain, peut-être n'est-ce pas trop tard pour Anaïs et elle.

— J'ai souvent imaginé cette conversation, poursuit Romain, je voulais qu'elle nous permette un nouveau départ, mais je n'ai jamais réussi à la provoquer. Il y avait quelque chose qui me bloquait chez lui, explique-t-il.

La soif d'absolu de Romain se heurtait-elle aux zones d'ombre de l'âme de son père ? Se remémorant sa discussion avec Nathalie, la semaine précédente, Carole se demande si Yves l'a tenue à l'écart d'autres secrets tels que les circonstances réelles de la mort d'Elsie. La vie de son mari recélait-elle d'autres mystères ? De ceux qui auraient poussé quelqu'un au crime ?

Malgré ses questionnements au sujet de sa franchise, elle prend le parti de lui trouver des excuses. Est-ce Yves ou elle-même qu'elle défend ?

— Tu ne dois pas en vouloir à ton père. Il a fait comme tous les parents, ce qu'il a pu, avec ce qu'il était. J'en parle en connaissance de cause. J'ai conscience, au fond, d'avoir loupé quelque chose avec Anaïs, mais je ne sais pas comment le rattraper. Ton père devait être dans la même situation avec toi.

— Je ne lui en veux pas, seulement je m'interroge sur la relation qu'on aurait pu avoir tous les deux si...

— Tu penses que j'aurais dû intervenir pour que les choses soient différentes entre vous ? questionne-t-elle, lâchant la bride à son sentiment de culpabilité.

— Non. Bien sûr que non. Ne prends pas à ton compte les erreurs de papa.

— Je suis aussi responsable que lui. J'ai laissé faire. J'aurais dû me douter que tu en souffrais, au lieu de sous-estimer l'impact que ça avait sur toi. C'était stupide de penser que mon amour pouvait te prémunir de tout.

Elle halète, impuissante face à un passé qu'elle ne peut défaire. Minable. Elle se sent minable. Une mère qui a abîmé ses enfants. Romain lui caresse la joue du revers de la main.

— Tu m'as protégé de ton mieux, maman. Je ne veux pas faire un drame de tout ça, j'avais envie d'en parler avec toi, c'est tout. Maintenant, on va passer à des sujets plus marrants, tu es d'accord, mamounette ?

Un sourire peu convaincant en réponse. Il insiste, le torse bombé, arborant une grimace clownesque pour la dérider.

— Regarde-moi ! Est-ce que j'ai l'air d'un garçon malheureux ?

— Non, admet-elle, tu as l'air du fils dont chaque mère rêve.

11

Pierre est attendu à 9 heures au siège de Baron Constructions. Stressé comme s'il s'agissait d'une véritable prise de fonction, le quinquagénaire a plusieurs minutes d'avance. Il patiente dans la Mini garée à l'ombre d'une rangée de filaos bordant le parking. Dans son esprit, l'excitation de traquer un criminel et l'anxiété de retrouver le monde de l'entreprise s'affrontent dans un duel improbable.

Le privé l'avait fait fuir plus de vingt ans auparavant alors que sa carrière démarrait sur des chapeaux de roue. À sa sortie de l'Institut Supérieur de la Finance de l'université d'Aix-Marseille, diplôme en poche, un poste dans un prestigieux cabinet d'audit financier parisien s'offrait à lui. Il se sentait le roi du monde. Il serait le meilleur. Son ambition le mènerait au sommet. Cette soif de réussite n'était pas son apanage. L'ensemble des collaborateurs de l'entreprise qu'il intégrait la partageait. Douze hommes et femmes de moins de quarante ans sélectionnés pour leur désir d'être le premier. Douze loups surinvestis, prêts à tout pour marquer des points. La garantie d'une équipe d'une productivité à toute épreuve pour les deux associés à la tête de l'affaire. L'assurance immature de ses vingt-cinq ans entraîna Pierre dans une compétition aveugle. Durant les cinq années qui suivirent, il vécut travail. Il pensa travail. Il n'y eut rien d'autre dans sa vie. Pas d'amis. Quelques amants étreints à la va-vite. Des contacts exclusivement charnels qui ne le satisfaisaient pas et l'incitaient à s'oublier encore davantage dans les dossiers s'amoncelant sur son bureau. Il dormit de moins en moins pour les traiter dans les délais. Des médicaments maintinrent ses performances intellectuelles malgré le manque de sommeil. Son corps, maltraité, affichait son mal-être. Pâleur de créature noctambule et maigreur morbide. La rumeur selon laquelle il était atteint du SIDA circula dans le cabinet. Un entretien avec ses patrons, digne du film *Philadelphia*, s'ensuivit. Furieux, il se tourna vers celle qu'il pensait être à l'origine de ce bruit de couloir, une collègue aux dents particulièrement longues. L'arrogance avec laquelle elle l'accueillit lui fit perdre pied. La chaise, qu'il jeta contre la paroi vitrée de son bureau, pour ne pas passer sa rage sur la jeune femme, conduisit ses employeurs à se séparer de lui. Le diagnostic tomba. Épuisement professionnel. Il rentra à La Réunion où sa fidèle amie Carole prit soin de lui. Pierre mit plus d'un an à se remettre de cet épisode qui le détourna du monde de la finance définitivement.

8 h 55. Une profonde inspiration. Pierre descend de voiture. À cinquante-deux ans, il tient ses démons en laisse, se rassure-t-il. Aucune spirale d'autodestruction ne l'aspirera. Particule après particule, année après année, il a construit l'amour de lui qui lui faisait défaut à l'époque. Pas question de retour en arrière. Son objectif : obtenir les informations qui permettront de résoudre l'énigme de la mort d'Yves Baron. La dernière entrevue entre Carole, lui-même

et le lieutenant Rousseau les a confortés dans leur projet d'investigations personnelles. Le bilan des enquêteurs est maigre. Ils piétinent depuis quinze jours. Chacun des invités aurait pu avoir accès au verre d'Yves Baron. Le maître de maison a échangé quelques mots avec tous les employés, sans exception. Pourtant, les auditions n'ont rien donné. Personne ne semble avoir de mobile. Une autre question demeure. Comment Yves a-t-il pu ingérer le poison, à son insu, sans être alerté par son goût inhabituel ?

Les portes automatiques s'ouvrent.

« Frappez les trois coups de brigadier, j'entre en scène ! » ironise Pierre à voix basse comme pour conjurer ses dernières appréhensions. Une jolie brune derrière le comptoir d'accueil. S'il veut bien patienter, elle prévient M. Visterria de son arrivée. Antoine se montre au bout de quelques minutes à peine, soucieux de prouver sa volonté de collaborer avec l'émissaire de sa nouvelle patronne. Son allure est celle du dirigeant qu'il est devenu quelques jours plus tôt. Démarche assurée et style vestimentaire qui siéent à sa nouvelle fonction. Une chemise cintrée, blanche à fines rayures bleues, et un pantalon chino à la coupe ajustée. Les notes d'agrumes de son eau de toilette sont en harmonie avec l'énergie qu'il dégage. À défaut de toutes les compétences d'un directeur, Antoine en a le look. Pierre le suit jusqu'à son bureau. Les deux hommes s'installent devant un café.

— Désolé pour le coup d'éclat de jeudi dernier, s'excuse Antoine en préambule, il n'y avait rien de dirigé contre toi. Anaïs est très perturbée par la mort de son père, elle oscille entre colère et désespoir. Tu en as fait les frais.

Se positionner au-dessus des querelles. Donner l'image d'un cadre responsable pour qui seul compte le devenir de l'entreprise. Une orientation qui lui semble la plus favorable à son propre avenir.

— J'ai bien compris que ce n'était pas moi le problème, ne t'inquiète pas.

Antoine entre dans le vif du sujet.

— J'ai un rendez-vous dans une heure avec un fournisseur. Ça me laisse le temps de te donner une vision générale de la boîte, de te présenter à tout le monde et de te montrer le bureau dont tu pourras disposer. Après, je te propose de passer une partie de la matinée avec Émilie Gereven, elle travaillait avec François sur nos réponses aux appels d'offres. Ça te va ? s'enquiert Antoine.

— C'est parfait ! répond Pierre, presque impressionné.

Les trente minutes suivantes sont consacrées à l'examen de l'organigramme et du fonctionnement de Baron Constructions. Les informations sont studieusement compilées dans le carnet de Pierre. La tournée des services accomplie, Antoine abandonne Pierre devant la porte de ce qui sera son bureau pour la durée de sa mission.

Il finit de prendre possession des lieux quand Émilie Gereven, à qui il a été présenté un peu plus tôt, frappe à sa porte. La tenue de l'employée rappelle les uniformes scolaires. Jupe grise. Chemisier blanc. Sa posture est aussi celle d'une élève. Debout, les bras croisés autour d'un épais dossier rouge, elle attend visiblement qu'il la prie de s'asseoir. Ce qu'il fait.

Elle attaque d'emblée.

— Je vous ai préparé un topo concernant les marchés auxquels nous répondons en ce moment. M. Visterria n'a pas été précis sur le but de notre entretien.

— J'ai été missionné pour faire un état des finances de la société, mais j'ai d'abord besoin de mieux connaître l'activité de l'entreprise. Je vais passer du temps avec chaque service pour en comprendre le fonctionnement, explique Pierre.

Un hochement de tête. C'est plus clair. Elle extirpe un document de plusieurs pages de sa chemise rouge et le tend à Pierre.

— Dans ce cas, je vais vous détailler la fiche de procédure du service pour la constitution des dossiers de réponse aux appels publics à la concurrence des collectivités ou des autres acheteurs publics...

Une façon de s'exprimer aussi austère que son apparence. Une pause dans le discours bien rodé. Pierre s'arme de son Dupont et tourne les pages de son carnet. Elle patiente avec un air d'institutrice mécontente, cette fois-ci. Pierre est prêt.

— Je vous écoute.

Un regard réprobateur accueille son ton enjoué.

— Je propose que vous me laissiez terminer et que vous me fassiez part de vos éventuelles questions à la fin.

On ne doit pas rigoler tous les jours avec elle, songe-t-il tout en lui signifiant son accord.

L'exposé démarre.

— Tout commence par la collecte des informations dans les journaux, sur les sites des collectivités ou les plates-formes officielles. La liste des marchés qui nous intéressent potentiellement est dressée chaque semaine en fonction de critères objectifs qui nous permettent de nous positionner ou pas : type de travaux, évidemment, importance des montants concernés, encore que, depuis la crise de 2008, nous nous positionnons sur des marchés de faibles montants...

Pierre détaille Émilie. Une très jolie fille. Métisse à la peau claire. Traits délicats. Pommettes saillantes. Sa peau mate accentue la couleur de ses yeux. Une couleur indéfinissable hésitant entre le noisette, le vert et l'or. Une couleur qui se cherche comme un individu fouillerait parmi des origines multiples, en quête de son identité. Une couleur qui ne se décide pas non plus entre l'opacité luisante de la boue et la transparence de l'eau. Des yeux de reptile dans un visage d'ange.

La voix de la jeune femme est harmonieuse. Une élocution parfaite. Des inflexions maîtrisées. Un débit fluide qui traduit une bonne connaissance de son sujet. Qu'est-ce qui peut bien heurter l'oreille de Pierre dans ce cas ? Le discours est sans à-coups, comme débité par un robot. Des imperfections la rendraient plus humaine, juge-t-il, mal à l'aise face à tant de contrôle.

Le monologue s'achève au bout de vingt longues minutes.

— Tout cela est extrêmement précis, commente Pierre, c'est vous qui êtes à l'origine de cette méthode de travail ?

— À mon arrivée, la commande de M. Baron était que je mette en place ce type de procédure. Il m'a expliqué ce qu'il souhaitait et j'ai produit ce document.

Elle n'a pas précisé lequel des deux frères lui a donné des consignes. Pierre l'oriente vers celui avec lequel elle collaborait au quotidien.

— Vous voulez dire François Baron ?

— Bien sûr que non, s'exclame Émilie. Je parlais d'Yves Baron.

Imaginer qu'une telle demande ait pu venir de François paraît exclu. La perche est trop belle.

— Comme ça concerne le service dont il avait la charge, je pensais qu'il s'agissait de son initiative, pas de celle du grand patron.

— Avant qu'on m'embauche, cette partie de l'activité n'était pas suivie correctement et cela se ressentait sur les résultats. On a gagné en efficacité avec ma méthode de travail. Sur les six derniers mois, les statistiques montrent une augmentation de plus de vingt-cinq pour cent des marchés dont nous sommes attributaires.

La modestie et les scrupules ne l'étouffent pas, s'amuse Pierre. Non contente de se jeter quelques fleurs, elle ne se prive pas, au passage, de dénigrer le travail de feu son supérieur hiérarchique. Cette fille est-elle prête à déprécier un mort pour marquer des points ?

— Je suis impressionné.

Aucune émotion n'anime le visage immobile de la destinataire de ce compliment.

— Merci.

Elle referme son dossier et s'apprête à prendre congé. Une question de Pierre la retient.

— Vous allez vous débrouiller comment sans François ? Il est prévu que quelqu'un le remplace ?

— Je n'ai pas d'information à ce sujet.

Elle est beaucoup moins diserte lorsqu'elle s'écarte du contenu de son dossier rouge.

— Vous allez crouler sous le travail, insiste Pierre, vous ne pourrez pas accomplir seule ce que vous faisiez à deux auparavant. Comment vous répartissiez vous les tâches ?

— Je montais les dossiers et M. Baron les signait avant leur envoi.

— En clair, c'est vous qui faisiez le plus gros du boulot.

Elle le fixe, surprise de la spontanéité de sa remarque.

— C'est exactement ça. François contrôlait vaguement les dossiers finalisés que j'avais soigneusement épluchés avant qu'ils ne soient transmis aux collectivités. Son travail s'arrêtait là. Personne ne lui demandait rien et n'attendait rien de lui. Il se contentait d'être présent et, d'après ce que j'en sais, il passait ses journées à jouer sur son ordinateur.

12

Quelle fille antipathique, se dit Pierre tandis que la porte se referme sur Émilie. Froide. Présomptueuse. Son manque de naturel dérange. Se renseigner sur EG au service RH, note-t-il dans son carnet. Il s'était promis de guetter les inimitiés entre salariés. L'une d'elles se révèle dès sa première matinée. La jeune femme n'apprécie pas François. Mais est-ce étonnant si elle compensait l'incompétence de son supérieur ? Pierre soupçonnait que François ne jouait pas un rôle central dans l'entreprise, mais il n'imaginait pas qu'il frôlait l'emploi fictif. Il parie sur le fait qu'Yves était conscient de la situation. Quant à Carole, est-elle seulement au courant ?

Un coup discret à la porte le sort de ses réflexions. Agnès, la secrétaire d'Yves Baron apparaît, une pile de dossiers entre les bras. Une blonde replète qui respire le dévouement. Pierre l'invite à se débarrasser de son fardeau.

— M. Visterria m'a chargée d'organiser votre prochain rendez-vous. Vous rencontrez le comptable, M. Rivière. Je l'ai programmé à 15 heures pour que vous ayez le temps de jeter un œil là-dessus, dit-elle en tapotant le paquet de documents.

— Merci beaucoup, Agnès. Je peux vous appeler par votre prénom ?

— Bien entendu, monsieur Martène. Ah, autre chose, Mme Baron a essayé de vous joindre à deux reprises.

Le feuillet qu'elle lui tend indique le nom de l'interlocuteur, le destinataire, le jour, l'heure et le motif de l'appel. Une écriture élégante. Des cursives déliées qui veulent s'échapper du papier. En dehors de son propre frère, Yves savait s'entourer de personnes efficaces et organisées.

— Je la rappellerai. Au fait, je pense déjeuner ici, je n'ai pas envie de prendre la voiture par cette chaleur. Vous avez les coordonnées de restaurants qui livrent aux alentours ?

— Je m'en occupe, dites-moi seulement ce que vous voulez.

Elle est parfaite, pense Pierre.

— Une salade m'ira très bien. Il y a un endroit où je peux manger ? Je déteste prendre mes repas devant mon ordinateur.

— Il y a une salle de détente au rez-de-chaussée, c'est très pratique pour ceux qui habitent loin du bureau. J'y déjeune tous les jours avec deux de mes collègues.

Pierre se saisit de l'occasion de passer du temps avec l'assistante d'Yves. Une précieuse source d'informations, il en est persuadé.

— Est-ce que je peux me joindre à vous ? On fera plus ample connaissance.

La proposition de Pierre étonne Agnès. C'est bien la première fois qu'un membre de l'encadrement déjeune à la cafétéria. Un détail qui lui rend Pierre sympathique.

— Avec plaisir, monsieur Martène, répond-elle en quittant le bureau.

La porte refermée, Pierre téléphone à Carole. Son portable affiche plusieurs appels en absence de son amie.

— Je t'ai rarement vue répondre aussi promptement, la taquine-t-il.

— J'avais hâte de savoir comment s'est passée ton arrivée. On déjeune ensemble ?

— Je n'ai pas eu une seconde à moi. Tu vas devoir me payer des heures sup parce que je n'arrête pas pendant le déjeuner. Je mange avec Agnès, on va bavarder un peu devant une salade, annonce-t-il, d'un ton lourd de sous-entendus.

— Très bien, approuve Carole, s'il y en a une qui est au courant de tout ce qui se passe dans cette boîte, c'est bien Agnès. Tu passes à la maison quand tu as fini ?

— Promis.

Quelques minutes après midi, Pierre descend à la salle de détente de Baron Constructions. De taille modeste, elle n'en est pas moins accueillante avec ses murs rose fuchsia et pistache. Du mobilier fonctionnel. Un réfrigérateur qui ronronne dans un angle. Les incontournables, machine à expresso et four à micro-ondes. Des mugs colorés en pagaille sur la paillasse. Un lieu convivial. Une seule des tables rondes est occupée. Pierre se dirige vers Agnès qui s'est levée pour l'accueillir.

— Vous avez rencontré Christine et Martine ce matin, je crois, lui dit la secrétaire de direction en désignant tour à tour ses deux collègues. Avec les congés de fin d'année, on est les seules à profiter de cet endroit. Je vous en prie, asseyez-vous.

Le sourire de Christine, la quadragénaire que Pierre a aperçue à l'accueil, lui signifie qu'il est le bienvenu. Martine, qu'il a saluée lors du tour du propriétaire effectué avec Antoine, montre moins d'enthousiasme. Un bref signe de tête dans sa direction et elle se concentre sur le repas qu'elle a déjà attaqué.

— C'est gentil de m'accepter à votre table, mesdames.

L'entrée du livreur d'un restaurant du coin avec sa salade interrompt la prise de contact. Pierre règle le montant dû et s'attable. Quelques banalités s'échangent. Le tour du parcours des trois salariées de Baron Constructions. Toutes fidèles au poste depuis plus de dix ans. Record pour Agnès qui est là depuis le début. Pierre s'intéresse, écoute avec attention. L'atmosphère se détend. La présence d'un proche des Baron est une opportunité pour lever les craintes de Christine concernant l'avenir de l'entreprise. Que va devenir l'activité sans leur chef ? Qui prendra les décisions importantes ? « Excusez-moi de le dire comme ça, mais M. Visterria n'a pas l'envergure de M. Baron. » La franchise de son interlocutrice amène un sourire sur les lèvres de Pierre. Les intentions de Carole ? « Mme Baron a à cœur que chaque salarié garde son poste et que l'activité perdure. Je suis là pour l'aider. » À l'heure du café, la glace est brisée. Même la circonspecte Martine rit de bon cœur des anecdotes de Pierre sur la période où il travaillait dans le privé. Ses personnages sont choisis pour provoquer des résonances chez les trois femmes. À leur tour, elles racontent des histoires vécues durant leurs carrières. Christine est la plus loquace. Son positionnement stratégique à l'accueil la rend témoin de nombreuses situations cocasses qu'elle restitue avec talent. Pierre oriente la conversation vers Émilie Gereven, curieux de connaître comment est perçue la jeune femme. Martine manque s'étouffer avec son café en entendant la description qu'il dresse de l'un de ses anciens collaborateurs. Un jeunot se prenant particulièrement au sérieux et qui s'habillait comme un curé.

— Ça ne vous rappelle pas quelqu'un, les filles ? demande-t-elle.

— Et comment ! On a la même chez nous, lance Christine dans un éclat de rire.

— Elles parlent d'Émilie, complète Agnès à l'attention de Pierre.

— J'ai travaillé avec elle, ce matin. Une vraie porte de prison. Elle est toujours aussi désagréable ?

Une grimace d'Agnès.

— Je n'ai pas pour habitude de dire du mal des gens, mais oui. Ça fait quoi ?... un an qu'elle est là, eh bien elle fait cette tête depuis son arrivée. Pas un sourire, à peine polie. Tout le monde a droit au même traitement.

— Euh, non. Il y a des exceptions, révèle Christine en clignant de l'œil avec malice.

— Tu veux parler de M. Baron ? C'est sûr qu'avec lui, elle avait une autre attitude, raille Martine.

— Vous voulez dire qu'Yves Baron et Émilie... ? embraye Pierre.

— Jamais de la vie. M. Baron n'aurait jamais eu ce genre de relation avec une de ses employées, se récrie Agnès, devinant à quoi il fait allusion.

— Non, elle est ambitieuse, enchaîne Martine, mais il faut reconnaître qu'elle est intelligente, cette fille. Pas le genre de petite grue qui couche avec le patron. Elle travaille dur pour se faire remarquer. Elle a bien compris qu'avec M. Baron, c'était la meilleure façon de procéder. En revanche, aucun état d'âme, si au passage elle doit égratigner quelques collègues pour avancer, elle n'hésite pas une seconde.

Christine trépigne, impatiente de reprendre la parole.

— Vous n'y êtes pas du tout, l'exception à laquelle je pensais, c'était M. Visterria. En voilà un avec qui elle s'entend *très, très* bien !

L'allusion à une aventure entre Antoine et Émilie est évidente.

— Tu es incorrigible, Christine, la gronde Agnès, on va passer pour les commères de service.

— Pas du tout, Agnès, ou alors, je suis un peu commère moi aussi. Les relations entre les salariés font partie de la vie de l'entreprise, non ?

Pierre accompagne cette réflexion d'une mimique contrite qui amuse ses compagnes.

— J'ai toujours eu l'impression qu'Émilie et Antoine étaient un peu plus que des amis, continue Christine, se sentant soutenue.

— Une impression ? Le mot est faible, tu en es persuadée, plutôt, se moque Agnès.

— Vous prétendez ne rien voir, dit Christine en pointant sa cuillère à café successivement vers ses amies, mais c'est moi qui ai raison. Ils sont amants, je le sais.

— Qu'est-ce qui vous rend si sûre de vous, Christine ? interroge Pierre.

— À part le fait qu'Antoine ait l'honneur de faire partie des rares personnes avec qui Mlle Gereven échange plus de trois mots par jour, elle ne montre rien de son côté. Mais lui ! Sans vouloir vous choquer, j'ai assez d'expérience pour reconnaître le regard qu'un homme porte sur sa maîtresse.

— Je comprends. Moi aussi j'ai tendance à faire confiance à mon intuition et à mon sens de l'observation. Et après tout, pourquoi pas ? Elle est très jolie cette Émilie, même si elle est attifée comme une nonne.

— M. Visterria est marié, tout de même, s'offusque Agnès.

— Et alors ? Depuis quand le mariage empêche les hommes de faire quoi que ce soit ? Ça peut même les encourager, parfois.

La déclaration de Martine sent le vécu.

— J'admets que ce n'est pas terrible, dit Pierre, surtout quand on est marié à une jolie fille comme Anaïs.

— Allez donc comprendre ce qui se passe dans la tête des hommes…, démarre Martine, prête à partager son impuissance dans ce domaine.

— Tu nous raconteras ça demain, Martine, c'est l'heure d'y retourner, intervient Agnès après un coup d'œil à sa montre.

Le groupe se sépare. Pierre réintègre son bureau. Avant d'ouvrir ces dossiers, il écrit : « Liaison entre EG et AV ? »

13

Fin de cette première journée chez Baron Constructions. L'heure du compte rendu à Carole. Pierre la trouve assise sous la véranda, les yeux rougis. Normal que l'humeur de son amie fluctue entre déprime et espoir ces derniers temps. Il ne pose pas de question. Un baiser sur sa joue et il s'installe en face d'elle. Augustine apparaît, l'air aussi abattu que Carole. Elle dépose un plateau sur la table basse.

— Je peux rentrer avec vous, monsieur Pierre ? Je n'aurai plus de bus à cette heure.

Bien entendu. Il en a pour une heure au plus. Elle le remercie du bout des lèvres et s'éclipse.

— Qu'est-ce qui lui arrive ? interroge-t-il.

Carole se mouche.

— Elle m'a tout raconté à propos d'Elsie. Il fallait que je comprenne pourquoi Yves et sa famille ont imposé une telle omerta sur cet épisode. Je l'ai retenue avec mes questions, on n'a pas vu le temps passer.

— Tu veux qu'on en parle maintenant ?

Un hochement de tête pour lui signifier qu'elle se sent prête. Pierre se sert du café. Elle démarre son récit. Après une brouille avec sa famille, le père d'Yves Baron s'est exilé à Madagascar en 1957. Yves est né deux ans après leur installation sur la Grande Île. Elsie était leur deuxième enfant. Le drame est survenu lorsque le frère et la sœur étaient âgés de six et presque quatre ans. Ils jouaient tous les deux sous la surveillance de leur nénène malgache. Yves, en petit garçon facétieux, s'était caché dans les buissons du jardin. La nounou l'avait cherché, négligeant la surveillance d'Elsie pendant un court instant. Un instant suffisant pour que la petite s'approche d'une mare où elle était tombée et s'était noyée en quelques minutes. Yves avait assisté aux recherches pour la retrouver. Le corps sans vie de sa sœur fut repêché en sa présence. La jeune fille qui les gardait, rendue hystérique par la vision de ce cadavre d'enfant, avait accusé Yves d'être responsable de cette mort. Un moyen d'alléger le poids de son propre sentiment de culpabilité. Ses imprécations, ajoutées à l'horreur de l'événement, avaient tant choqué le garçonnet qu'il n'avait plus dit un mot pendant l'année qui suivit. Il fut question que ses grands-parents l'accueillent à La Réunion pour tenter de le sortir de son mutisme. Un médecin dissuada ses parents de recourir à cette solution susceptible d'aggraver l'état psychologique de l'enfant. Yves aurait pu interpréter cet éloignement comme une punition. L'amour de ses parents permit à Yves de recouvrer la parole. Le nom d'Elsie ne fut plus jamais prononcé devant lui par crainte de réveiller son traumatisme. Un terrible non-dit qui avait perduré jusqu'à sa propre mort.

Carole se sert une tasse de thé. Les confidences d'Augustine l'ont ébranlée. Qu'a pu ressentir Yves en comprenant, du haut de ses six ans, les conséquences de sa plaisanterie ? La conviction qu'il était responsable avait dû s'insinuer en lui comme un poison. Est-ce qu'un adulte l'avait pris dans ses bras pour l'assurer du contraire ? Quel regard sa mère avait-elle porté sur lui à ce moment précis ? À l'instar de la nounou, avait-elle maudit son fils ? Le choix du silence. Le moyen de se tourner vers son enfant vivant ou la stratégie de survie de la mère qui doit supporter l'insupportable ?

Je comprends mieux son comportement vis-à-vis de ses proches, se dit Pierre, pensif. Le malheur s'était installé dans la famille Baron à cause d'Yves. Une dette qu'une vie ne suffit pas à rembourser. Son devoir : réparer, réparer, réparer. Ce que Pierre a interprété comme le désir de domination d'Yves sur son entourage n'était qu'une tentative désespérée de réparer. Aimer trop. Aimer mal. Pierre s'est aveuglé sur les réelles motivations d'Yves, par antipathie pour lui. Dire que je me vante de savoir sonder l'âme humaine, songe-t-il.

— Même si je comprends qu'il ait voulu enfouir cette partie de sa vie, j'ai du mal à admettre qu'il n'ait pas fait une exception pour moi. Je croyais occuper une place privilégiée dans sa vie, j'étais persuadée de le connaître mieux que personne.

— Il n'avait pas d'autre option. Cacher ses failles, même à toi, pour survivre à tout ça.

— Tu le défends, toi, maintenant ? ironise-t-elle, partagée entre sourire et larmes.

— J'essaie de comprendre.

Ce que j'aurais peut-être dû faire de son vivant au lieu de le juger, se reproche-t-il. Une gangue de tristesse les enserre.

— À mon tour de te raconter ce que j'ai appris, relance Pierre.

Il entame le récit des points importants de la journée. Son entretien avec Émilie et la rumeur d'une liaison entre la jeune employée et Antoine.

— Quel mufle ! s'exclame Carole.

— Pour l'instant, on n'a pas de certitude. Il va falloir vérifier qu'il se passe vraiment quelque chose entre eux.

Pas de fumée sans feu, se dit-elle, pessimiste. Les hommes sont tous les mêmes. Incapables de se contenter des femmes qu'ils prétendent aimer. Les conquêtes de son mari, qu'elle s'est contraint à tolérer, refont surface. L'injustice d'avoir eu à accepter ce travers comme le prix à payer pour le garder se révèle à elle. Et si elle s'était rebellée ? Et si. Deux mots pour refaire son histoire avec Yves. Inutile. Elle doit regarder devant. Anaïs. L'avenir de sa fille. Sera-t-elle aussi condamnée à essuyer ce genre de camouflets à cause d'Antoine ? Carole ne le laissera pas faire.

— Ils nous transforment en princesses intouchables dès qu'on les épouse et s'empressent d'aller chercher ailleurs celles qu'ils pourront traiter comme des salopes, explose-t-elle.

Contre qui sa colère ? Antoine ? Yves ? Elle-même ? Peu importe. C'est une colère salutaire. Le mouvement vers l'affirmation de son caractère est amorcé. Plus de retour en arrière. Plus de Carole qui tremble. Plus de « et si ». Un geste trop vif en reposant sa tasse. Du thé jaillit, éclabousse une assiette de gâteaux. Essai maladroit de sauvetage de ce qui reste des biscuits détrempés qui se solde par la chute de la théière. Un juron. Elle est excédée. Pierre est sans réaction. Abasourdi. Le vacarme a attiré Augustine qui déboule sous la varangue.

— Qu'est-ce qui se passe ? Vous m'avez fait une de ces peurs.

— La théière s'est renversée, explique Pierre.

— Faut pas vous mettre dans des états pareils, ce n'est rien, dit-elle en jugeant les dégâts. Je vais arranger ça.

Le ton péremptoire de Carole arrête net la femme de ménage.

— Je m'en occupe. Et vous savez quoi, Augustine ? Si je m'étais mise dans « des états pareils » plus tôt, peut-être qu'on m'aurait davantage respectée.

Quelle mouche la pique ? se demande Augustine, interdite. Que sa patronne soit tourneboulée par la mort de son mari, elle peut le comprendre. Mais tout de même.

Un regard de Pierre à l'attention de la femme de ménage. Ce n'est pas la peine d'insister. La vieille femme bat en retraite, louant le ciel que quelqu'un gère les accès d'angoisse, de dépression et, maintenant, de colère de Carole. Ses propres tourments l'occupent bien assez. Yves Baron lui manque. Venir chaque jour dans cette maison, dont chaque pièce parle de lui, est une épreuve. Son ardeur à cuisiner n'est plus la même. Elle se lève par habitude. Les journées défilent. Elle les traverse. Une action entraîne la suivante. Contrôler sa peine mobilise la majeure partie de son énergie défaillante. Son chagrin lui suffit, en effet. Elle est incapable de prendre en charge celui des autres.

— Je vais aller m'excuser, dit Carole en se levant.

Elle disparaît à l'intérieur, à la suite de la vieille femme, tandis que Pierre termine son café.

— Pauvre Augustine, elle ne va pas fort, commente-t-elle lorsqu'elle revient au bout de quelques minutes.

Elle reprend le fil de leur discussion, signifiant ainsi à Pierre qu'elle n'a pas envie de revenir sur sa saute d'humeur.

— Quand je pense à l'hypocrisie de cette Émilie. Je l'ai croisée la semaine dernière. Elle a l'air de sortir d'un groupe de prière et elle couche avec un homme marié. Je n'en reviens pas.

— Je ne la sens pas, cette fille. J'ai ressenti une sensation bizarre lors de notre entretien de ce matin. J'ai jeté un œil à son dossier tout à l'heure.

— Tu as trouvé quelque chose d'intéressant ?

— Elle est à La Réunion depuis trois ans à peu près. Elle vient de la région parisienne.

— J'aurais juré qu'elle était d'ici, avec son physique.

— Elle est bien originaire de La Réunion. Elle l'a précisé dans son CV, sûrement pour avoir plus de chances de se faire embaucher sur l'île. En revanche, elle est née et a grandi en métropole.

— C'est tout ? demande Carole en grignotant du bout des lèvres un gâteau, rescapé de l'inondation.

— Non, ce n'est pas tout. Je sais aussi qu'elle a travaillé dans la restauration rapide en métropole pendant ses études, ce qui peut démontrer qu'elle n'avait pas le soutien financier de ses parents. Elle a occupé des emplois, dans des domaines variés, dès son diplôme de commerce obtenu. Surtout des remplacements. J'en conclus qu'elle fait preuve de capacité d'adaptation. Elle a connu peu de périodes de chômage. Une jeune débrouillarde. Et pour finir, depuis son arrivée à La Réunion, elle a été l'employée d'une agence d'intérim avant d'arriver chez Baron Constructions.

— En bref, elle vient d'un milieu modeste, elle est travailleuse et elle est sans doute la maîtresse de mon gendre. Ça ne nous fait pas beaucoup avancer, je le crains.

— Détrompe-toi. Il y a un détail du CV d'Émilie qui a attiré mon attention. Elle était en CDI avant d'arriver chez Baron Constructions.

— Et alors ? interroge Carole qui ne voit pas où il veut en venir.

— Eh bien, elle a abandonné un emploi stable pour quelques mois de remplacement chez Baron Constructions. Elle n'a signé un CDI chez vous que très récemment. Qu'est-ce qui a bien pu la pousser à quitter son précédent poste ?

— Tu penses qu'elle connaissait déjà Antoine et qu'elle a voulu se rapprocher de lui ? suggère Carole.

— Ou bien il s'est passé quelque chose dans son ancien boulot qui l'a obligée à s'en aller. J'en aurai bientôt le cœur net, j'ai appelé Run Intérim. La responsable est en vacances mais je la verrai à son retour, le 8 janvier. Comme l'agence est le fournisseur de Baron Constructions, officiellement je la rencontre pour faire le point sur les intérimaires, mais je ferai en sorte de découvrir dans quelles conditions s'est terminée sa collaboration avec Émilie Gereven.

Carole soupire, découragée. Cette enquête est devenue sa planche de salut. Pourtant, elle en découvre les aspects négatifs. Un travail de fourmi, plus long qu'elle l'avait imaginé. Les questions de Pierre déterrent d'autres secrets, tels que l'infidélité d'Antoine. Le doute, à nouveau. A-t-elle eu raison de se lancer dans ces investigations ? Comment annoncer à Anaïs que son mari la trompe si l'information se vérifie ? Cette dernière interrogation amène Carole à la confrontation tant repoussée avec sa fille. Une discussion qui s'impose comme une urgence. Un silence têtu a répondu à ses tentatives de contact depuis leur dispute du jeudi précédent. J'irai demain, je ne dois plus reculer, décide-t-elle avant de se rappeler que ce sera la Saint Sylvestre. Tant pis, il n'y aura pas de bon moment pour crever l'abcès.

14

Certaine de se heurter à une dérobade, Carole n'a pas annoncé sa visite à Anaïs. Debout devant le portail fermé, elle sonne et patiente. L'arrière de la villa blanche se devine à travers les barreaux de la clôture. Une maison ancienne, à L'Étang-Salé-les-Bains, dont la façade donne sur le Bassin Pirogues, une anse abritée derrière la barrière de corail où les embarcations des pêcheurs trouvent refuge. Bien rare. Prix d'achat exorbitant. Coûts excessifs de rénovation. Un cadeau d'Yves à sa fille. Un exemple de sa démesure. Carole n'aurait pas approuvé si elle avait été consultée et si elle avait osé s'opposer à lui à l'époque. Entre offrir une sécurité matérielle à ses enfants et tomber dans le dispendieux, il y avait, de son point de vue, un fossé à ne pas franchir.

Un groupe d'adolescents passe à sa hauteur en chahutant. Filles et garçons pleins de vie, en short et maillot de bain, pressés d'investir le sable noir de la plage toute proche. Carole appuie de nouveau sur le bouton de la sonnette. De façon plus insistante. Anaïs n'a peut-être pas entendu. Dans les jardins voisins, on s'active à la préparation du réveillon de la Saint-Sylvestre. Une blonde d'âge mûr dirige de ses consignes un jeune homme, en équilibre sur un escabeau, en train d'accrocher des lampions dans un filao.

Cette année, je n'aurai pas à me plier à l'injonction de la soirée du 31, songe-t-elle. Pour Yves, ne pas fêter le changement d'année était inconcevable. Au fil des années, elle l'avait suivi dans toutes ses envies. Soirées guindées avec de parfaits inconnus. Dîners entre amis. Réunions familiales, copies conformes du réveillon de Noël, à l'exception de la thématique. Dans chaque cas, sempiternel décompte avant minuit. Embrassades et tout le toutim. Rien de tout ce cérémonial ne lui manquera. Pour la première fois, elle sera seule pour démarrer l'année. L'idée lui plaît. Elle encouragera Romain à rejoindre ses amis. Accueillir 2014 sans personne à ses côtés. N'est-ce pas une façon d'endosser son nouveau statut de femme qui ne dépend que d'elle-même ?

Anaïs apparaît enfin à l'arrière de la maison. Elle avance lentement, le regard méfiant, et stoppe net dès qu'elle est assez proche pour identifier sa mère.

— Qu'est-ce que tu fais là ? lui lance-t-elle sans aménité.

Son regard vert est hostile. Carole ne détourne pas le sien, décidée à s'imposer.

— Tu ne réponds pas à mes appels, je dois te parler.

Silence. Indécision.

— Tu as l'intention de me laisser dehors ? insiste Carole.

Sans répondre, Anaïs lui ouvre et la précède à travers le jardin parsemé de bougainvilliers aux nuances criardes. Orange. Fuchsia. La propriétaire des lieux se détourne de la bâtisse pour rejoindre une estrade en bois, plantée face à l'océan, sur le flanc gauche de la maison. Endroit idéal pour de longs apéritifs, les soirs d'été. Vue sur la baie. Palette de roses et de rouges, vite remplacée par le crépuscule tropical, percé des lumières bleues qui guident les barques dans le chenal. À cette heure de la matinée, cette terrasse, trop exposée, est peu accueillante. Reflet de l'état d'esprit d'Anaïs. Un arbre à proximité offre une ombre incertaine à un des sièges en rotin. Carole l'investit. Anaïs se pose sur le bord d'un fauteuil, prête à bondir à la moindre occasion.

— Je t'écoute, je n'ai pas beaucoup de temps.

Cent fois, elle a imaginé son entrée en matière. Trou noir. Panique. Discours confus.

— Je voulais qu'on se parle... ton attitude vis-à-vis de moi est... Si je t'ai blessée, si j'ai dit ou fait quelque chose... Je ne sais pas. J'aimerais que tu me le dises...

— Il me semble avoir été claire l'autre soir, la coupe Anaïs, tu prétends faire confiance à Antoine avant de l'humilier en le faisant surveiller par Pierre.

Se concentrer. Ne pas s'embarquer dans des querelles stériles.

— Non, Anaïs. Sois honnête. Tu sais que ce n'est qu'un prétexte comme tous les autres. Un de ceux dont tu t'es saisie pour me rembarrer depuis la mort de ton père. Tu me rejettes sans cesse alors que tout ce que je veux, c'est t'aider à traverser cette épreuve. Qu'on le fasse ensemble, *toi et moi*.

Un temps d'arrêt. Puis l'ironie d'Anaïs vient la gifler.

— Tu veux m'aider ? Vraiment ? Depuis quand tu t'intéresses à moi ?

Questions de pure forme. Sans laisser Carole amorcer une réponse, elle continue à vomir son ressentiment.

— Il a fallu que papa meure pour que tu te rendes compte que tu avais une fille ?

Ses mots, jets de pierre d'une fronde, touchent Carole au cœur. La mère veut entendre la détresse derrière l'amertume. La cuirasse de colère d'Anaïs fait long feu. À sa place, la honte de s'être exposée. Ce n'est pas ainsi qu'elle avait envisagé cette explication avec sa mère. On croirait une pauvre gamine en train de quémander l'attention de sa maman, se reproche-t-elle dans un sursaut d'orgueil, héritage de son père. Constat lucide mais contre lequel elle ne peut rien. Agacée, elle plante là sa mère et s'enfuit vers la maison, s'enfermant dans son comportement puéril.

Nous voilà dans le vif du sujet, se dit Carole. Le vif. Le point le plus important. Le vif. La chair dans laquelle on taille, qui fait souffrir. Ne pas lâcher. Elle emboîte le pas à sa fille partie se terrer dans son atelier. Une pièce claire où Anaïs passe beaucoup de son temps. La générosité de son père permet à la diplômée des beaux-arts de se consacrer à la peinture sans se préoccuper de ce que cette activité lui rapporte. L'huile de térébenthine et son odeur de pin accueillent Carole dès le seuil. La lumière, filtrée par la végétation extérieure, s'invite par de larges fenêtres et fait danser les ombres sur le plancher de chêne gris clair. Des tables de travail, blanches, courent le long des murs. Du matériel s'y amoncelle. Cahiers de croquis, tubes de peinture à l'huile, crayons, pastels secs, pierre noire, pointe d'argent, brosses, couteaux, éponges. Ce désordre ne cadre pas avec le perfectionnisme d'Anaïs. Est-il le reflet de son état de confusion actuel ? A-t-elle cherché frénétiquement une technique capable de traduire le raz-de-marée provoqué chez elle par la mort de son père ?

Sur un chevalet, une toile inachevée arrête le regard de Carole tandis qu'elle avance vers le canapé gris bleu où s'est réfugiée sa fille. Un style figuratif très éloigné des peintures abstraites qu'Anaïs affectionne. Deux personnages, de dos, se promenant sur une plage déserte. Un homme, très grand, tenant par la main une petite fille. Une tristesse infinie se dégage des deux silhouettes. Carole frissonne. Ce tableau parle à l'âme. Le chagrin d'Anaïs et sa récente expérience du malheur se sont mélangés aux pigments dans cet adieu à son enfance. Adieu à son père et au mur de protection qu'il a érigé autour d'elle.

Carole s'assied à côté de la jeune femme, sans un mot. Attitude défensive d'Anaïs. Enfoncée dans le fauteuil, les genoux ramenés contre sa poitrine. Ses cheveux noirs, réunis en une queue-de-cheval, et ses yeux mouillés la font ressembler à une princesse de contes de fées. Une de ces princesses à qui les méchants infligent du chagrin. La serrer fort. Premier réflexe de Carole tant elle paraît vulnérable. Elle se retient, doutant qu'Anaïs lui autorise un geste tendre. Place au ressentiment. Cette bile qui dresse un rempart entre elles doit finir de s'évacuer. Une étape nécessaire à l'apaisement de leurs relations. Une seconde chance ne se présentera qu'à l'issue de cette mise au point douloureuse. Pour trouver les mots justes, ceux qui encourageront Anaïs à se livrer, Carole se demande ce qu'elle aurait voulu entendre de sa mère si pareille occasion de s'expliquer s'était offerte à elles. Son cœur prend le relais de sa tête.

— Je suis là parce que je t'aime, ma chérie. Mon problème, c'est que je n'arrive pas à communiquer avec toi, mais je veux apprendre. Je sais que je peux y arriver. Pour ça, j'ai besoin de ton aide. Je suis prête à entendre tous les reproches que tu as à me faire si ça peut nous permettre de nous réconcilier.

Silence. L'acceptation d'une trêve ? Anaïs fixe le tissu de sa robe. Le mouchoir, roulé en boule dans sa main, éponge infatigablement des larmes au bord de ses cils. L'heure du grand déballage est venue. Un instant qu'elle espérait et redoutait à la fois. Elle quitte le canapé pour se diriger vers une des fenêtres. Par quoi commencer ? Des reproches ? Elle en a à la pelle. S'attarder sur les causes de l'écart qui s'est creusé entre elles ? Ses blessures et ses déceptions de petite fille. Un dessin montré avec fierté dont sa mère a détourné les yeux trop rapidement pour répondre à un appel de Romain. Des séances de cinéma auxquelles elle aurait préféré assister avec Carole plutôt qu'avec la nounou. Ou alors mettre en avant les conséquences de leur drôle de relation ? Conséquences dont la principale est son incapacité à tomber enceinte faute d'avoir réglé ses comptes avec Carole. Théorie de sa psychologue, reprise par toutes sortes de praticiens qu'elle a testés pour tenter de satisfaire son désir d'enfant. Récemment, un maître reiki lui a conseillé d'écrire à Carole. Une lettre destinée aux flammes. Un acte symbolique, supposé la libérer de son mal-être. Le feu n'a pas rempli son office. Elle en veut toujours à sa mère et elle n'est pas enceinte. Elle s'assied sur un tabouret et démarre.

— J'essaie d'avoir un bébé depuis plus d'un an et ça ne marche pas. Avec Antoine, on a fait des examens. Apparemment tout va bien. Physiquement, je veux dire.

Carole a entendu parler de ce projet. Elle se rappelle l'enthousiasme d'Anaïs lorsqu'elle l'a évoqué à l'occasion d'un déjeuner de famille.

Une joie qui contrastait d'ailleurs avec la tiédeur d'Antoine. Aucun changement dans la silhouette de sa fille dans les mois qui ont suivi. Il a réussi à la convaincre d'ajourner la venue du bébé, avait déduit Carole. Elle n'avait pas questionné Anaïs pour infirmer ou confirmer ses doutes. La complicité indispensable pour aborder ce sujet intime n'existait pas entre elles. Pour Anaïs, c'était une preuve supplémentaire du désintérêt de sa mère à son sujet.

— Je fais un blocage par rapport à la maternité, poursuit-elle. Le problème, c'est la relation que j'ai avec toi ou la relation que je n'ai pas avec toi.

— J'ai conscience de la distance qu'il y a entre nous, mais il n'est pas trop tard pour que ça s'arrange, suggère Carole.

Elle cherche la main d'Anaïs qui se crispe mais ne se dérobe pas.

— Je pressentais que quelque chose clochait dans ma vie mais je ne voulais pas y penser. Pendant que j'éludais le sujet, un mal, que je ne parvenais pas à identifier, me rongeait. Papa avait beau devancer le moindre de mes désirs, je n'étais jamais comblée. Je m'en voulais de ce sentiment d'insatisfaction malgré ses efforts, ce qui me rendait encore plus malheureuse. Il y a peu de temps, j'ai enfin compris ce qui me manquait. Toute ma vie, j'ai souffert que tu ne m'accordes pas toute l'attention dont j'avais besoin. À la maison, avec Romain et toi, je me sentais seule. Parfois, j'avais envie que mon petit frère disparaisse pour que tu t'occupes de moi, seulement de moi.

Des larmes brouillent la vue de Carole. Où a-t-elle lu que le pardon ne s'amorce que si l'existence de la souffrance est reconnue par celui ou celle qui l'a infligée ? Une phrase à laquelle elle a réfléchi pendant des jours à travers le prisme de son propre vécu. « Si c'est vrai, je ne pardonnerai jamais à maman, puisque selon elle, elle n'a rien à se reprocher. » Elle ne commettra pas cette erreur. La douleur d'Anaïs mérite d'être légitimée. Carole s'accroupit près d'elle et l'entoure de ses bras.

— Je te demande pardon, ma petite fille. Pardon de n'avoir pas compris que l'amour de ton père ne suffisait pas. Pardon de ne pas m'être immiscée dans le duo que vous formiez. Pardonne-moi.

Anaïs pleure. Les paroles de Carole la libèrent. Elles retournent sur le sofa. Longtemps, elles restent assises, se tenant par la main, heureuses de cette proximité nouvelle. L'atmosphère de l'atelier aide Carole à remonter le temps. Elle confie à sa fille l'histoire de sa vie. Pas pour se justifier. Pour s'assurer que le cercle vicieux de l'incompréhension est rompu. L'aridité affective de son environnement familial. L'absence de tendresse qui l'a transformée en un être tremblant, sans assurance. Sa vie d'épouse, passée à s'oublier, au nom de son amour pour un mari qu'elle découvre après sa mort. La conscience qui émerge de ce qu'elle aurait pu devenir. Tous ces possibles qu'elle entrevoit entre les lambeaux de son désespoir. La force, insoupçonnée, qui l'habite, lui semble-t-il.

Ses doutes de mère pour finir. Verbaliser sa peur pour l'exorciser. « Je ne voulais pas reproduire ce que j'ai vécu, pourtant j'ai bien failli passer à côté de toi. »

15

Le deux-pièces d'Émilie à Saint-Leu abrite ses rendez-vous clandestins avec Antoine depuis bientôt six mois. À son arrivée chez Baron Constructions, séduire le gendre du patron l'avait amusée. « Les hommes sont d'un prévisible. Ignorez-les et ils tueraient pour vous posséder. » Antoine est bien en laisse maintenant. L'ascendant qu'elle possède sur son amant amène un sourire sur ses lèvres. Un pouvoir dont elle se délecte.

La jeune femme ôte ses chaussures et sort sur la terrasse. Le carrelage, clair, réfléchit la lumière. La chaleur est insoutenable en milieu de journée. Elle fait demi-tour illico pour se laisser tomber sur le canapé dans le séjour. Quel bonheur, ce calme, apprécie-t-elle en fermant les yeux. Les maisons de ce quartier résidentiel sont majoritairement occupées par des personnes âgées qui se sont établies là avant l'envol des prix de l'immobilier. Une inflation justifiée par le cadre. Proximité d'une plage de sable blanc bordée de filaos à l'allure nonchalante. Pour une gamine issue de la banlieue comme elle, cet environnement de carte postale constitue une revanche sur la vie. Le sentiment d'être privilégiée, d'accéder enfin à une part de ce qui lui est dû.

L'immeuble dans lequel se trouve son logement compte quatre appartements. Ses voisins ? Des célibataires ou des couples sans enfants. Aucun bruit. De la discrétion. Personne n'épie personne. Le rêve. Elle a grandi dans une cité HLM avec des parents en perdition. Cris et bagarres sur fond d'alcool et de drogue ont composé son quotidien. Une violence dont elle se tenait à l'écart en passant le plus clair de son temps dans le square devant l'immeuble. Square qui servait de refuge à des hordes d'enfants braillards, poussés dehors par les mêmes raisons.

L'horloge murale de la cuisine indique 12 h 25. Antoine ne tardera plus. Dans la chambre, Émilie se débarrasse de sa tenue de travail. Elle est d'humeur voluptueuse. Pas de sous-vêtement. Une robe courte. « Sexy », souffle-t-elle à son reflet dans le miroir. Retour sur le canapé. Elle actionne la climatisation et pianote sur son iPhone. Des e-mails publicitaires et des newsletters. Pas de messages personnels. Émilie ne fréquente personne à l'exception d'Antoine. Les gens ne l'intéressent pas. Pire. Ils l'ennuient.

La porte, qu'elle n'a pas verrouillée, s'ouvre sur son amant qui entre sans frapper, en habitué des lieux.

Elle se lève et se plaque contre lui.

— Tu en as mis du temps, lui chuchote-t-elle avant de l'embrasser à pleine bouche.

— J'adore quand tu m'accueilles comme ça. C'est exactement ce dont j'ai besoin.

— Viens, je vais m'occuper de toi.

Sa robe glisse à ses pieds. Il retire sa chemise en la suivant dans la chambre. Elle s'arrête devant le miroir. Il se positionne derrière elle. La vue de leurs corps les excite. Les mots crus d'Émilie augmentent leur ardeur. Elle se met à genoux, défait sa ceinture. Son sexe disparaît dans sa bouche avide. Elle s'offre à lui de dos. Cambrure. Fesses rondes. Antoine ne se lasse pas de ces formes. Il la pénètre. Va et vient. Jouissance.

Émilie s'écarte de lui aussitôt l'acte sexuel terminé. Elle disparaît dans la salle de bains. Un comportement animal qui a surpris Antoine au début de leur relation. Ses partenaires étaient classiquement plus câlines. Ce côté affranchi ne le dérange pas, au contraire. Il se rhabille sommairement et se sert de l'eau fraîche dans la cuisine, qui occupe un angle de la pièce principale.

Elle rejoint le séjour et déploie sa silhouette longiligne sur le divan. De l'autre côté de la pièce, Antoine l'admire. Une masse de frisottis encadre son visage. Une peau couleur miel. Une grâce naturelle. Un corps magnifique.

— Tu m'apportes un soda, lance-t-elle dans sa direction.

Il s'exécute. Malgré le magnétisme qu'elle exerce sur lui, Antoine n'envisage pas de quitter Anaïs. Pas fou. Il sait où se trouve son intérêt. Émilie ne revendique d'ailleurs pas d'autre place que celle qu'elle occupe aujourd'hui. La maîtresse idéale, en somme. Disponible pour le sexe. Ne réclamant rien de plus. Presque trop beau pour être vrai, a-t-il souvent pensé.

Il a jeté son dévolu sur cette fille par ennui. Sa vie d'homme marié, mise en scène par Anaïs, l'étouffe. Vu de l'extérieur, sa femme et lui offrent l'image d'un couple accompli. Belle maison. De l'argent et tout ce qu'il peut acheter. Une bande d'amis. Seul un enfant manque à ce tableau idyllique, d'après Anaïs. Heureusement que c'est plus compliqué que prévu, songe Antoine. Devenir père ? Non. Il est déjà prisonnier du personnage de gendre et de mari idéal qu'il s'est forgé. Sa passion pour le jeu et son aventure avec Émilie sont les remèdes à la torpeur dans laquelle il s'enlise. Deux interdits qui le sauvent de la noyade.

Le poker. Sa dose d'adrénaline. Il aime la sensation de puissance procurée par un coup de bluff réussi. Comme une drogue, on veut encore y goûter après l'avoir expérimentée. Comme une drogue, chaque shoot a un coût. Il a besoin d'argent. De plus en plus. Sa combine pour s'en procurer a failli tourner court. J'ai eu chaud, se dit-il. Yves a découvert ce qui se tramait dans son dos, mais il est mort avant de mettre qui que ce soit au courant.

Il tend distraitement un verre à Émilie. Elle lui fait de la place en ramenant sous elle ses jambes fines. Le visage d'Antoine, assombri par ses dernières pensées, alerte la jeune femme.

— Notre récréation ne t'a pas détendu, on dirait.

— C'était super mais j'ai quelques soucis au bureau, lui explique-t-il avec un sourire.

— Le genre de soucis que tu ne peux pas partager avec moi ?

— Le genre de soucis qui tombent sur la tête d'un type qui accepte de prendre la responsabilité d'une entreprise du jour au lendemain, lâche-t-il pour en finir avec ses questions.

Se confier à elle est risqué. Quelle serait sa réaction si elle apprenait qu'il soutire de l'argent aux petites entreprises qui postulent pour devenir les sous-traitants de Baron Constructions ? Le dénoncerait-elle pour ne pas se rendre complice de ses méfaits ? Prudence. Il vaut mieux se taire.

Le plus ironique, c'est que l'idée des pots-de-vin lui a été soufflée par un commentaire d'Émilie sur les pratiques malhonnêtes de cadres d'une entreprise métropolitaine. « Ils se sont fait prendre parce qu'ils ont été trop gourmands », avait-elle conclu à la lecture de l'article relatant leur arrestation. À une autre échelle, Antoine s'est inspiré de la méthode de ces employés corrompus en se promettant d'éviter de tomber dans la surenchère. L'appât du gain a vaincu cette résolution.

— Tu n'es pas en train de te plaindre, tout de même ? le tance Émilie. Tu as atteint ton but, non ? C'est bien ce que tu avais en tête quand tu t'es marié avec la fille du patron ?

Des provocations coutumières de sa part. L'ambition d'Antoine et ses moyens pour l'assouvir sont un sujet de moquerie récurrent pour la jeune femme. Il ne cherche pas à nier.

— C'est arrivé de façon brutale, je n'y étais pas préparé.

— D'ailleurs, récupérer le siège « en or » de la victime est un mobile parfait ou je ne m'y connais pas, rajoute-t-elle avec un œil faussement suspicieux.

Sa plaisanterie laisse Antoine de marbre.

— Tu profites du crime, non ? C'est bien comme ça qu'on dit ? poursuit-elle, stimulée par son air renfrogné.

— Je ne trouve pas ça drôle, assène-t-il trop brusquement.

— Eh ! Je te taquine, c'est quoi ton problème aujourd'hui ? rétorque-t-elle sur le même ton.

— Excuse-moi, c'est la fatigue. Ça a donné quoi, ton entretien avec Pierre ? On n'a pas eu le temps d'en parler.

Cette feinte lui évite une scène, mais pas le regard noir qu'Émilie lui lance avant de daigner répondre.

— Il est professionnel, il comprend ce qu'on lui raconte. Ça s'est bien passé dans l'ensemble, mais sa tête ne me revient pas. Je n'aime pas sa façon de me scruter derrière ses lunettes ridicules.

— C'était une pointure dans son domaine, à l'époque.

Émilie ignore l'argument.

— Je ne l'aime pas. Il déjeune avec les secrétaires. Pour faire proche du petit personnel, j'imagine. Plus démago, tu meurs. Ça ne te dérange pas, toi, qu'on te fasse fliquer par ce type ? termine-t-elle sournoisement.

— On croirait entendre ma femme, s'emporte Antoine. Ça commence à m'énerver que tout le monde pense à ma place. Je ne me sens pas insulté par la mission de Pierre. C'est moi qu'on a nommé directeur général par intérim, non ?

— Ne me compare pas à ton épouse. Si on se ressemblait, tu ne viendrais pas t'éclater avec moi de temps en temps.

Le ton est glacial, la susceptibilité n'étant pas le moindre des défauts d'Émilie. L'estime qu'elle a d'elle-même ne tolère pas la comparaison avec Anaïs. L'énergie nécessaire à une dispute manque à Antoine. Jouer la conciliation.

— Tu n'as rien de commun avec elle, lui confirme-t-il en approchant sa bouche de ses lèvres. Tu es beaucoup, beaucoup, beaucoup plus sexy que n'importe qui au monde.

— Le gentil petit mari se révolte ? se moque-t-elle d'une voix où la sensualité transparaît.

Un baiser goulu la fait taire. Antoine n'aura pas le dernier mot. Le temps qu'il leur reste avant de retourner au bureau peut être occupé de façon bien plus agréable.

16

Augustine quitte la résidence des Baron en milieu d'après-midi. Le portillon du jardin se referme sur un des longs soupirs qui ponctuent ses journées à intervalles réguliers. Elle est grande, cette tristesse qu'elle ne finit pas d'expulser. Son cœur se semble plus vouloir s'alléger. Il pèse à tel point qu'elle s'en est inquiétée auprès de son médecin. « Vous n'êtes plus toute jeune, madame Rigot. Peut-être que c'est le moment de lever le pied, de prendre soin de vous », avait-il suggéré avec prudence, craignant une verte réplique de sa patiente. Signe de la lassitude d'Augustine, aucun commentaire n'avait suivi ce conseil.

Prendre soin d'elle. Sait-elle seulement ce que cela signifie ? Elle s'est toujours dévouée aux autres. Un oubli de soi qui n'est pas la résultante d'un sens inné et exacerbé du sacrifice. Plutôt le fruit, lentement mûri, d'une existence qui ne lui a rien épargné. Augustine s'était occupée de ses onze frères et sœurs. Aînée. La mauvaise place. C'est à elle qu'a incombé la responsabilité de pallier l'absence de sa mère, prématurément veuve, embauchée aux champs à la journée pour nourrir ses enfants. Les fondations de l'abnégation étaient posées. Mariée à dix-huit ans. C'était ainsi à l'époque. On épousait un gars des environs et voilà tout. Poussée par la nécessité de compléter le maigre salaire de cantonnier de son mari, elle avait démarré comme femme de ménage chez les Baron. Métier qu'elle avait vécu comme un sacerdoce mais qui ne l'avait pas empêchée de prendre en charge sa mère jusqu'à sa mort tout en portant à bout de bras un époux devenu handicapé à la suite d'un accident du travail.

Non, c'est certain. Prendre soin d'elle, elle ignore ce que cela veut dire. Et si par-là, ce cher docteur entend être à l'écoute de ses bobos ou tourner en rond entre sa maison, l'église et la boutique de M. Ki-Van, merci bien. Cela ne l'intéresse pas. Son dilemme ? Elle ne se résigne pas à arrêter de travailler, pourtant le ressort qui la sortait du lit jusqu'alors ne fonctionne plus. Quelque chose s'est rompu avec le décès d'Yves Baron. Elle est trop usée pour s'en remettre.

Ce n'est pas le cas de tout le monde, se dit Augustine en se remémorant le rire de Carole Baron qui a résonné sous la varangue quelques minutes auparavant. Carole et ses enfants réunis pour un dernier déjeuner avant le départ de Romain ce soir. Un moment de bonheur familial qui a irrité la vieille bonne. Ce n'est pas correct de se montrer aussi joyeuse si peu de temps après, juge-t-elle, avec la sévérité de celle qui pense posséder la vérité en matière de ce qu'il convient ou non de faire quand on est en deuil. Sans compter l'empressement de sa patronne à se séparer des affaires d'Yves. Tous les effets personnels du défunt ont fini à la Croix-Rouge. Quelles seront les prochaines étapes ? Elle effacera toute trace de lui ? Ici, un objet enlevé. Là, un tableau décroché. Ça ne servira à rien, pense Augustine, cette bâtisse, il en fait partie.

Elle atteint son arrêt de bus en pestant contre les services municipaux. Les graminées envahissent les accotements, débordant sur l'étroite voie. Le petit car rose vif se fait attendre et s'arrête à sa hauteur à 15 h 10. « En retard, comme d'habitude », bougonne-t-elle. Que ces véhicules, qui desservent les écarts de la commune et n'empruntent que des chemins déserts, ne parviennent pas à respecter leurs horaires dépasse son entendement.

L'accueil aimable du chauffeur ne la déride pas. Pas plus que le salut courtois d'un homme âgé, endimanché, seul autre occupant du bus. Le choix de son siège la met à l'abri de la conversation de l'un et de l'autre. Un léger mal de tête frappe à son front. Pas de bavardage qui aurait pour effet de l'accentuer.

Le paysage défile sans qu'Augustine lui prête attention. Les promoteurs ont pris d'assaut les hauteurs de la ville, faute de parcelles à conquérir sur le littoral protégé. Les champs de cannes à sucre disparaissent au profit de lotissements cossus et de groupes d'habitations à loyer modéré, mixité sociale oblige.

Au bout de vingt minutes et une multitude d'arrêts, le bus atteint le centre-ville. Augustine descend devant la mairie. Sa montre en métal indique la demie passée. Une habitude de se référer à l'heure alors qu'une fois sa journée de travail terminée, elle n'a plus de contrainte. Plus d'enfants à récupérer à l'école, plus de mère alitée, plus de mari en fauteuil. Et bientôt, sans doute, plus de travail. Parce que, même si son discours agace Augustine, ce fichu docteur a raison. Il faudra s'arrêter. Long soupir. Bang, bang. Dans les tempes, cette fois. La migraine s'installe.

L'église, qui fait face à la mairie, lui apparaît comme une option salutaire avant de regagner sa maison vide. Une prière pour Yves. Pour ses morts en général. C'est le seul moyen de prendre un peu soin d'eux désormais. Quelques pas la conduisent à l'édifice blanc et gris. L'endroit est désert. Comparée à la température extérieure, la fraîcheur qui règne à l'intérieur est, en soi, un réconfort. Une génuflexion respectueuse et humble en direction de l'autel. Elle s'assied sur un banc. Ses jambes ne tolèrent plus la position à genoux, pourtant plus convenable, plus pieuse. Augustine égrène un chapelet dans la pénombre apaisante. Sa psalmodie de « Je vous salue Marie » ne parvient pas à calmer les divagations de son esprit. La vision des lys blancs, qui parent l'autel, l'entraîne cinquante ans en arrière, à l'époque de son mariage.

Elle s'était mariée sans rêve. C'était l'âge d'entrer en ménage. Le ton était donné. Une vie d'épouse terne, sans relief, sans amour. Un mari taciturne voire irascible lorsqu'il était perclus de douleurs, séquelles de son accident. Incapable d'hypocrisie, elle ne fut pas une veuve éplorée. La mort de son mari ne laissa pas de vide. Ce vide-là faisait déjà partie de sa vie.

Augustine discipline ses pensées. Indociles, elles s'échappent de nouveau après quelques secondes. Peut-être que je n'aurais pas dû raconter l'histoire d'Elsie à Madame. Un moment de faiblesse. Il n'y a rien de bon à ressasser le passé. Elle s'en excuse mentalement auprès d'Yves Baron. En revanche, je n'ai pas dit un mot à propos de la photo, fait-elle valoir. Elle a menti aux gendarmes en prétendant ne pas connaître la jeune fille du cliché retrouvé près du corps de François. Ce grand nigaud sentimental. Conserver le souvenir de cette petite délurée, c'est tout lui. Dieu me pardonnera ce mensonge, tente-t-elle de se convaincre. Un mensonge destiné à protéger la mémoire de son patron. Pourquoi laisser ressurgir cette vieille histoire ? Quel rapport peut-elle avoir avec la mort des deux frères ? Aucun, sans doute. En est-elle si sûre ? Inutile d'insister, décide Augustine. Sa caboche ne la laissera pas tranquille. Ses questions incessantes annihilent les bienfaits de ses prières. Elle quitte la petite église par la porte principale.

Les passants, nombreux à cette heure, se dirigent vers la grande surface toute proche. Augustine gratifie d'un regard réprobateur les jeunes désœuvrés, agglutinés sur les barrières qui bordent le rond-point, parlant fort pour attirer l'attention sur eux. Le mouvement et le bruit l'insupportent. Elle n'aspire qu'à la tranquillité de sa case. Il faut qu'elle prenne un comprimé de paracétamol. Elle n'en a plus dans son sac. Passer à la pharmacie pour en acheter. Sur la place, à hauteur de la fontaine, le bonjour tonitruant de Mme Cosetreau la fige. Engoncée dans une robe à fleurs froufroutante, la grosse femme fond sur elle avec la rapidité du rapace s'abattant sur sa proie.

— Quelle chance ! Je vous ai aperçue de loin, il faut absolument que je vous parle des Baron, c'est très grave.

Chance n'est pas exactement le mot qu'Augustine aurait choisi pour qualifier ce qui a provoqué cette rencontre. Une punition céleste pour avoir dissimulé la vérité aux enquêteurs. Certainement. Une chance. Non.

L'approche de la commère l'intrigue cependant. « C'est très grave », a-t-elle lâché. Stratégie de la part de l'infatigable bavarde pour s'assurer de retenir l'attention d'Augustine ? La femme de ménage hésite à la rembarrer, curieuse malgré tout.

— Je n'ai pas beaucoup de temps.

— Allons, j'en ai pour deux minutes et ce que j'ai à vous dire en vaut la peine, croyez-moi.

Les yeux ronds de Mme Cosetreau brillent d'excitation. Augustine cède.

— Je vous écoute.

— Vous ne voulez pas qu'on se mette sur un banc, plutôt ? Nous serons mieux pour papoter.

Les deux femmes s'installent à l'ombre des palmiers qui entourent la place. Mme Cosetreau attaque aussitôt :

— Vous connaissez M. Loiseau ?

Augustine fronce les sourcils. L'entrée en matière la rend suspicieuse.

— Non, je ne crois pas connaître ce monsieur.

— Mais si, vous l'avez déjà croisé, il a emménagé avec sa petite famille dans la maison de Félix, mon voisin. Enfin, petite, c'est une façon de parler, il a quatre enfants et je crois que le cinquième est en route…

Augustine la stoppe net.

— Quel est le rapport avec les Baron ? J'aurais dû m'en douter. En fait vous n'avez trouvé personne à qui raconter vos histoires. Je ne connais pas M. Loiseau et, en ce qui me concerne, il peut avoir le nombre d'enfants qu'il veut !

Mme Cosetreau s'emporte à son tour et fait mine de se lever.

— Qu'est-ce que vous pouvez être désagréable, je ne m'y ferai jamais. Je voulais vous éviter de tomber sur les magouilles du gendre des Baron dans les journaux, mais ça m'apprendra.

Antoine ? Magouilles ? Qu'est-ce que cela signifie ? Mieux vaut écouter l'horrible bonne femme. Il faut reconnaître que parmi le flot de détails insipides qu'elle glane sur la vie de ses congénères, il peut se trouver des informations fiables.

Augustine se radoucit et invite Mme Cosetreau à se rasseoir.

— Désolée, c'est ma migraine qui me rend impatiente et je ne vois pas où vous voulez en venir avec votre Loiseau. Continuez, je vous en prie.

— Eh bien, M. Loiseau... navrée mais je suis obligée de parler de lui, il fait partie de l'histoire, reprend son interlocutrice, avec un air de martyr.

Augustine fait part de sa compréhension par un mouvement de la tête.

— M. Loiseau travaille chez Propre Plus dans la zone artisanale, c'est cet immeuble rouge vif, pas le genre de couleur que j'aurais choisie personnellement...

— Je vois très bien, lui assure Augustine pour abréger ces considérations esthétiques.

— Propre Plus est juste à côté de Baron Constructions et, un soir, il y a quelques semaines, M. Loiseau a assisté à une discussion très vive entre M. Visterria et M. Baron sur le parking. Le grand patron était furieux, il paraît. Il l'a même traité d'escroc.

Augustine est abasourdie. De quel méfait Antoine s'est-il rendu coupable pour provoquer la colère de son beau-père ?

— M. Loiseau n'a pas tout saisi, poursuit Mme Cosetreau, mais il a été question de partenaires à qui M. Visterria a demandé de l'argent. Vous imaginez le tableau, M. Baron découvre je ne sais quelles activités illégales de son gendre et...

Elle marque une pause théâtrale avant de poursuivre :

— Antoine Visterria le tue pour l'empêcher de parler. C'est forcément lui l'assassin. J'ai encouragé M. Loiseau à aller raconter cette histoire aux gendarmes, sinon, c'est moi qui le ferai. C'est mon devoir de citoyenne de ne pas laisser un criminel en liberté.

Après s'être débarrassée de Mme Cosetreau et de son sens civique, Augustine rentre chez elle, abattue. Si elle dit vrai, quel nouveau coup pour les Baron. Quel que soit le crédit qu'on peut accorder à ce que colporte Mme Cosetreau, elle avertira Carole Baron demain matin. Pour l'heure, qu'elle profite tranquillement des dernières heures de présence de Romain.

17

Bouchons gratinés, pense Pierre en reprenant à son compte l'expression d'un humoriste, un parallèle entre les embouteillages et un sandwich local. Carole et lui rentrent de l'aéroport d'où l'avion de Romain s'envolera pour Paris, dans la soirée. Le boulevard Sud est totalement paralysé. Un accident à la sortie de Saint-Denis, a annoncé la radio. Il tapote son volant, énervé. La voiture est immobile depuis plus d'un quart d'heure. Il se tourne vers Carole dont l'expression de tristesse laisse deviner la peine provoquée par le départ de son fils. Il rompt le silence.

— Il te manque déjà ?

Elle tourna la tête dans sa direction.

— Bien sûr. Mais, au fond, je préfère qu'il soit loin de tout ça. Il est plus affecté par ce qui arrive qu'il n'y paraît.

Pierre peste contre l'automobiliste devant eux qui ne démarre pas alors que la file bouge enfin.

— Je t'offre un verre de vin en rentrant, ça te détendra.

— Excellente idée, approuve-t-il, mais il me faudra au moins deux bouteilles pour être détendu.

Carole sourit. Elle mesure sa chance d'avoir quelqu'un comme Pierre à ses côtés. Derrière son cynisme, quelqu'un d'intelligent, sensible, attentif aux autres. Objectivement, le type le plus généreux qu'elle connaisse. Son unique confident aussi. Au début de sa relation avec Yves, elle avait naïvement imaginé que son mari jouerait ce rôle. Quelle drôle d'idée, se dit-elle avec le recul. Est-ce que notre conjoint doit connaître nos pensées intimes ? De toute façon, Yves n'était pas doué pour l'écoute. Une incompétence qui confinait à la maladresse chez lui. Quoi d'étonnant à cela, en somme ? Comment gérer les émotions des autres quand on est si peu à l'aise avec les siennes ? Sur ce plan, je dois bien admettre que je ne suis pas non plus une experte, songe-t-elle avec une pensée pour la seconde chance qui s'offre à elle dans sa relation avec Anaïs. Elle ne la laissera pas s'échapper. Comment a-t-elle pu être aveugle à la souffrance derrière le masque de légèreté et d'égoïsme qu'Anaïs affiche ? Après leur discussion, Carole a passé des heures à fouiller parmi des centaines de photos de famille. Recherche fébrile d'images pour contredire le sentiment de sa fille d'avoir été négligée au profit de Romain. Une vaine tentative pour tempérer sa culpabilité. Les clichés ne mentent pas. Ceux où Anaïs et elle apparaissent seules sont rares. Ceux qui la représentent avec ses deux enfants montrent un Romain collé à Carole en permanence tandis qu'Anaïs demeure à l'écart, figée dans une pose d'enfant sage. Pas de portrait de la mère et de la fille à l'adolescence ou à l'âge adulte. Excepté les traditionnelles photos de mariage, bien entendu. Carole ressent de la colère contre Yves. Son besoin maladif d'exclusivité a créé et conforté ce fossé entre elles. Ironie. Sa mort leur permet de se rencontrer enfin.

La voiture a parcouru quelques mètres avant d'être de nouveau stoppée par la circulation.

— Je viens de trouver un aspect positif à la mort de mon mari, je ne sais pas ce qu'il faut en penser.

Pierre rit.

— Je ne peux pas juger si c'est bien ou mal, je n'ai jamais perdu de mari. C'était quoi ?

— Je me disais que ce qu'on est en train de vivre Anaïs et moi ne serait pas arrivé si...

— Si Yves était encore en vie, sans doute pas, non, ou alors pas tout de suite. Comme quoi, un événement dramatique peut parfois être bénéfique.

— Je ne dirai ça à personne d'autre qu'à toi, mais j'ai le sentiment que je me découvre. Je me sens capable d'accomplir des choses extraordinaires.

Pierre se tait, conscient de l'importance du moment.

— Avant, j'étais lisse, égale. Maintenant je suis triste à mourir un instant et, la minute d'après, pleine d'espoir, presque euphorique. Je découvre mes enfants et, si c'était possible, je les aime encore plus. Parfois, je déteste Yves. Ses foutus secrets, sa confiance en lui. À d'autres moments, le manque de lui me donne envie de hurler comme une bête. C'est déstabilisant et excitant à la fois. Je me sens... je ne sais pas comment dire...

— Vivante ?

— C'est ça.

Elle se met à pleurer. Les doigts de Pierre se déplacent du levier de vitesse vers sa main. Des larmes de libération à encourager. Les larmes d'une femme pour qui une nouvelle vie démarre à plus de cinquante ans.

Leur trajet de retour à L'Étang-Salé dure plus d'une heure. La discussion amorcée durant le trajet se prolonge chez Carole. Pas une, ni deux, mais trois bouteilles de vin accompagnent les confidences de Carole. Les vannes sont ouvertes. Exprimer ses pensées intimes achève le processus de mue qui a démarré avec la mort d'Yves. A-t-elle été heureuse avec lui ? Quelles raisons l'ont poussée à devenir sourde et aveugle à ses doutes sur le sens de sa vie ? Les prétextes étaient légion. La maison. Les enfants. Trop occupée pour se pencher sur son nombril. Quand un doute ou un autre, sournois, avait tenté d'interrompre le ronronnement de machine bien huilée de son existence, elle l'avait bâillonné. Chut. Danger. Où ces pernicieuses réflexions pouvaient-elles la conduire ? Lors de l'alerte, plus puissante que les autres, qui avait coïncidé avec le départ de Romain, elle avait entraperçu un précipice menaçant à ses pieds. Une vision fugace, vite balayée. Lui tourner le dos. Ne pas se laisser aspirer. Continuer. Remettre ses œillères. Continuer. Tout allait bien. Continuer.

Jusqu'au 13 décembre 2013. Le jour où l'homme dont elle était le satellite est mort. Depuis, deux forces contraires se livrent bataille en elle. L'ancienne Carole tremblante face à toutes ces responsabilités. La nouvelle Carole, prête à relever le défi devant lequel la place la disparition de son époux. Elle sait qu'il lui faut accueillir la nouvelle Carole. Pas comme on ouvre la porte à un visiteur habituel, mais comme on fête l'enfant prodigue.

Vaincue par le vin, Carole abandonne Pierre vers une heure après lui avoir fait promettre de dormir sur place. Les confidences de son amie ont un écho désagréable chez lui. Qu'attend-il pour s'autoriser à vivre lui aussi ? Avoir le courage d'abandonner son confortable salaire de fonctionnaire pour se sortir d'une routine qui l'asphyxie. Ne pas se contenter d'assumer son homosexualité mais accepter d'être aimé. Aimer. Faire de la place à un homme. Prendre le risque de souffrir. Le jour pointe quand ses questions consentent à le laisser s'endormir.

À son arrivée, Augustine découvre les bouteilles vides et les verres sur la table basse du salon. La vieille employée secoue la tête avant de tout emporter vers la cuisine. Manquerait plus que Madame tombe dans la boisson, se dit-elle.

Pierre émerge. Il ne s'est pas déshabillé avant de s'allonger dans la chambre d'ami. Il faut qu'il rentre changer ses vêtements froissés avant d'aller au bureau. 7 h 17 à sa montre. Courte nuit. Son premier café est entamé quand Carole le rejoint. Elle grimpe sur un tabouret à côté de lui, en bâillant.

— Ça va ? s'inquiète-t-elle en découvrant ses traits tirés.
— J'en ai vu d'autres.
— Merci de m'avoir écoutée.
— Merci pour le vin.
— Tu as croisé Augustine ?
— Je l'ai aperçue il y a un instant, elle est dehors.

La nénène fait irruption dans la pièce, des herbes cueillies au jardin dans les mains. Elle répond au regard interrogateur de Carole qui la salue.

— Je n'ai trouvé que de l'ayapana mais ça ne peut pas vous faire de mal, c'est bon pour les excès.

Le ton est sévère, chargé de la réprobation de celle qui place l'alcool au rang des inventions du diable. Pierre et Carole se taisent. Deux gamins pris en faute. Tout en s'activant devant l'évier, Augustine reprend :

— Ça tombe bien que vous soyez là, Monsieur Pierre. Des bruits courent à propos de Monsieur Antoine, c'est mieux que je vous en parle à tous les deux.

— Quels bruits ? s'enquiert Carole, craignant que la prétendue liaison entre Antoine et Émilie ne soit l'objet de commérages.

Augustine lave minutieusement les plantes et remplit une casserole d'eau pour sa décoction.

— On raconte que M. Antoine a volé de l'argent à des gens qui travaillent avec l'entreprise, résume-t-elle maladroitement.

Carole dégringole de son tabouret dans sa précipitation et se rapproche de la vieille bonne.

— Qu'est-ce que c'est que cette histoire ? Qui raconte ça ? Il n'est directeur que depuis trois semaines, comment est-ce possible, Pierre ?

— Ça date d'avant la mort de M. Baron. Ils se sont disputés et on les a entendus, précise Augustine qui se lance dans un compte rendu détaillé de sa conversation de la veille avec Mme Cosetreau.

Affolée, Carole se tourne vers Pierre qui tente de recouper ces informations avec ce qu'il sait du fonctionnement de Baron Constructions. Il n'existe pas plusieurs options.

— Au poste où il était avant, Antoine était en relation avec les sous-traitants de la société. De petites entreprises qui assurent une partie des travaux à notre place. Il a pu monnayer leur participation à des chantiers.

— C'est honteux, commente-t-elle.

Le sang bat dans ses tempes. Qu'est-ce qui la contrarie le plus ? La malhonnêteté d'Antoine ? La trahison d'un membre de leur clan ? Le silence d'Yves sur ce qu'il a découvert ? En la tenant à l'écart, l'intention de son mari était sans doute de les protéger, Anaïs et elle. Souci de protection ou désir d'être seul maître du destin de son gendre ? Quelle que soit la réponse, le résultat de cette dissimulation est que Carole a confié la direction de l'entreprise à un escroc. Peut-être à un meurtrier. Antoine est-il capable d'avoir tué Yves ? se demande-t-elle. Elle ne peut rien affirmer. Connaît-elle vraiment un seul des membres de sa famille ?

Démunie, elle se tourne vers Pierre.

— Qu'est-ce qu'on peut faire ?

— Je vais au bureau essayer d'en savoir plus. Je mettrai Antoine au pied du mur si c'est nécessaire.

Pierre est inquiet. Le jeune homme est-il assez inconscient pour s'être lancé dans ce genre d'exactions ? Si c'est le cas, une autre tempête s'abattra bientôt sur les Baron.

18

Pierre repart du siège de Baron Constructions à 15 heures pour être présent lorsque Mathieu Passin, l'avocat d'Antoine, viendra rendre compte à Carole de l'audition du jeune homme. Les gendarmes l'ont arrêté le matin, avant même que Pierre ait réussi à le joindre. En quittant la résidence des Baron, après les révélations d'Augustine, Pierre avait composé le numéro d'Antoine à plusieurs reprises. En vain. La voix préenregistrée de la boîte vocale avait fini par l'irriter. Après un passage en coup de vent chez lui, pour changer de chemise, il s'était rendu au siège de Baron Constructions, espérant que le jeune homme écouterait ses messages et le rappellerait au plus tôt.

Depuis le début de la matinée, les événements s'étaient accélérés. Avant même l'ouverture de la gendarmerie, le témoin de la querelle entre Yves Baron et Antoine faisait le pied de grue, pressé de se débarrasser de ce qu'il considérait comme une corvée. M. Loiseau était partisan de ne pas se mêler des affaires de son prochain. La dispute, entendue sur le parking de Baron Constructions, lui était sortie de la tête jusqu'à sa conversation de la veille avec Mme Cosetreau. De lui-même, le brave homme ne serait pas venu en parler aux gendarmes. La commère avait semé le doute dans son esprit. Il ne voulait pas se rendre complice d'un meurtre. Le lieutenant Rousseau avait écouté son histoire avec la plus grande attention et s'était jeté sur cette piste providentielle. La première, digne d'intérêt, depuis trois semaines.

Après un quart d'heure de trajet, Pierre gare sa Mini dans l'allée des Baron. Carole vient au-devant de lui et le regarde se démener avec la vitre de sa voiture, récalcitrante aux tentatives de son propriétaire pour la remonter.

— Comment ça s'est passé au bureau ? l'interroge-t-elle lorsqu'il capitule, vaincu par les caprices de son véhicule.

Dès midi, les médias avaient diffusé l'information de l'arrestation d'Antoine. Sur une radio locale, les auditeurs le condamnaient déjà, dressant de lui le portrait caricatural d'un ambitieux, prêt à tuer pour servir ses intérêts.

— Les employés sont chamboulés. J'ai fait de mon mieux pour les rassurer. Des journalistes ont appelé, je leur ai dit qu'on ferait un communiqué à la presse plus tard.

— Les vautours ! Ils ne ratent pas une occasion. J'ai eu Romain dès son arrivée à Paris, pour l'avertir de ce qui se passait.

— Et Anaïs ?

— Elle a passé la journée ici. Elle est confiante, persuadée qu'Antoine est innocent. Qu'il soit malhonnête n'est pas une option, je te laisse imaginer pour l'éventualité qu'il ait pu tuer Yves.

La jeune femme les attend sous la varangue. Elle démarre par des excuses adressées à Pierre pour son agressivité lors de la réunion des actionnaires.

— Je n'aurais pas dû te parler de cette façon, je suis désolée.

— C'est oublié, lui assure-t-il avant de pénétrer dans la maison à la suite des deux femmes.

Les canapés, qui se font face dans le séjour, les accueillent.

— Je vais préparer du thé en attendant Mathieu, propose Carole en se relevant aussitôt, nerveuse.

— Je l'ai eu au téléphone il y a plus d'un quart d'heure, explique Anaïs tandis que sa mère s'éloigne vers la cuisine. Il quittait tout juste la gendarmerie, il ne devrait plus tarder.

Un bruit de moteur leur parvient au moment où elle termine sa phrase.

— Quand on parle du loup ! s'exclame-t-elle.

Elle se précipite dehors, Pierre sur ses talons. Mathieu Passin affiche un front soucieux, de mauvais augure. Sa tenue est impeccable. Sa chemise parme n'a concédé qu'un seul bouton à la chaleur. La silhouette du trentenaire s'épaissit. Comment endiguer une prédisposition à l'embonpoint avec des semaines de soixante-dix heures ? Entre gagner de l'argent ou se réserver du temps pour pratiquer une activité sportive, il a choisi. Le souffle lui manque quand il atteint le haut des marches.

Mathieu et Anaïs se connaissent depuis l'enfance. Les Passin, des notables de la ville, font partie des plus anciennes relations d'Yves et de Carole. Après des études de droit et l'examen du barreau, le jeune homme est revenu au bercail. Question d'opportunités professionnelles. Le cabinet de son père l'attendait comme associé. Mathieu et son épouse évoluent au sein du microcosme Étang-Saléen, comme Anaïs et Antoine. Une bulle, dans laquelle fonctionnaires, cadres supérieurs, professions libérales ou chefs d'entreprise pratiquent un entre-soi insouciant, profitant de l'atmosphère privilégiée de la station balnéaire. Une atmosphère capable d'ouater les échos d'une misère sociale qui toque à ses portes.

Les questions anxieuses d'Anaïs assaillent Mathieu dès son arrivée. Comment va Antoine ? Combien de temps le garderont-ils ? Pourquoi faut-il une journée entière pour clarifier ce malentendu autour des pots-de-vin ? Parce qu'il s'agit bien d'un malentendu, non ?

La réponse de Mathieu tombe.

— Sa garde à vue se poursuit jusqu'à demain ou après-demain et il n'est pas exclu qu'il soit maintenu en détention provisoire.

L'annonce pétrifie Anaïs.

— Allons parler de tout ça à l'intérieur, dit Carole qui a rejoint le groupe.

Tendus, ils s'installent au bord des sièges.

— Je ne peux pas croire qu'ils l'emprisonnent, panique Anaïs avant même que Mathieu ait pu dire un mot. Ils pensent qu'il a tué papa, c'est ça ? comprend-elle soudain. C'est impossible. Tu ne crois pas qu'il est capable de faire du mal à quelqu'un, Mathieu ?

Carole se rapproche de sa fille pour la calmer.

— Ma chérie, le mieux c'est que Mathieu nous raconte ce qui s'est passé.

L'air grave, le jeune avocat démarre le récit de la garde à vue d'Antoine.

— En premier lieu, il faut que vous sachiez qu'Antoine est bien impliqué dans des faits de corruption. Il a reconnu avoir perçu de l'argent pour favoriser certaines entreprises aspirant à devenir les sous-traitants de Baron Constructions sur de gros chantiers. En échange de ces dessous-de-table, des montants plutôt modestes d'ailleurs, il les informait des prix de leurs concurrents, ce qui leur permettait d'être les plus compétitifs et d'être sélectionnés.

Le visage d'Anaïs blêmit un peu plus sous le coup de ces premières révélations. Mathieu boit une gorgée du café que Carole lui a servi avant de poursuivre :

— Tout a démarré il y a quelques mois seulement, il a accepté un premier « cadeau » d'un entrepreneur peu scrupuleux. Ça a fini par se savoir dans le milieu, du coup, d'autres entreprises ont essayé d'obtenir leur place en le corrompant. Depuis la crise de 2008, les petites boîtes sont prêtes à tout pour survivre. Antoine s'est engouffré dans l'engrenage de l'argent facile.

— Mais pourquoi faire ça ? On n'avait pas besoin d'argent, remarque Anaïs avec la candeur de celle qui n'en a jamais manqué.

— Ces sommes lui permettaient de jouer gros au poker sans t'alerter, Anaïs.

Blessée, elle baisse la tête. La passion récente d'Antoine pour les cartes ne l'enchante pas. Surtout parce que ce jeu signifie de longues soirées où il la délaisse, mais elle ignorait que des sommes importantes circulaient au cours de ces parties. Pour elle, il s'agissait d'un prétexte pour passer des soirées entre hommes, à boire du whisky.

— Comment Yves a-t-il découvert ce qui se passait ? s'enquiert Carole.

— C'est le patron d'une entreprise de peinture, un certain M. Despérat, qui a dénoncé les combines d'Antoine. Un type au bord de la faillite, déterminé à sortir son entreprise de l'ornière. Il voulait bien lâcher de l'argent en contrepartie de l'assurance de décrocher un chantier. Mais Antoine a été trop gourmand et a fait monter les enchères. M. Despérat ne pouvait pas suivre. Par dépit, il a vendu la mèche à Yves, d'où l'explication musclée entre Antoine et lui sur le parking de Baron Constructions, il y a quelques semaines.

Pas étonnant qu'Antoine représente un suspect vraisemblable aux yeux des gendarmes. La victime tenait le sort de son gendre entre ses mains. Son mariage, son emploi et sa position sociale dépendaient de la réaction du chef d'entreprise. Retour à la case départ pour Antoine si Yves avait décidé de révéler ses malversations. Et voilà qu'il disparaissait opportunément. Antoine se défendait pourtant d'être allé jusqu'au meurtre. Face à la colère de son beau-père, avait-il expliqué aux gendarmes, il avait fait profil bas, persuadé que, par crainte du scandale, Yves renoncerait à se débarrasser de lui avec pertes et fracas. Antoine était demeuré dans une attente anxieuse d'une sanction qui ne manquerait pas de tomber, confiant cependant que l'amour qu'Yves portait à Anaïs le sauverait d'une éviction définitive de l'entreprise et de la famille. Le sujet n'avait plus été abordé entre les deux hommes. Lorsque le jeune homme avait pris les fonctions de directeur, il avait découvert qu'Yves avait mis à profit les quelques jours entre leur dispute et sa mort pour réparer les conséquences de ses agissements. Un appel de M. Despérat l'avait informé que le défunt et lui avaient passé un accord. Le silence de M. Despérat contre une coquette somme et la promesse de l'aider à redémarrer son affaire en lui fournissant de nouveaux chantiers. Il avait déjà encaissé l'argent mais voulait s'assurer qu'Antoine respecterait la seconde partie du marché. Trop heureux de cette issue, Antoine l'avait rassuré. L'engagement d'Yves Baron serait honoré. Avait-il d'autre choix que de s'en faire un allié, puisque Despérat avait désormais le pouvoir de détruire sa vie ?

Entendu à la gendarmerie en fin de matinée, M. Despérat avait corroboré les dires d'Antoine sous la menace d'une mise en examen pour complicité de meurtre. « Je n'ai jamais cru en la culpabilité de M. Visterria, avait-il affirmé aux enquêteurs, sinon, je serais venu le dénoncer. » Tentative pour se dédouaner d'avoir manqué de scrupules ou coup de main à son acolyte ? En tout cas, son témoignage échoua à convaincre les gendarmes de l'innocence d'Antoine. Ils se donnaient jusqu'au lendemain pour se prononcer sur la nécessité de son maintien en détention.

Le récit de Mathieu laisse Pierre dubitatif. Antoine aurait-il pu céder à la panique et commettre l'irréparable ? Pas crédible, selon lui. Quelques jours seulement se sont écoulés entre la découverte du pot aux roses et le meurtre. Trop peu de temps pour permettre à Antoine d'échafauder l'empoisonnement d'Yves. De plus, ce garçon est assez bête pour imaginer que ces petits arrangements avec les sous-traitants seraient restés secrets. Il est difficile de l'imaginer en meurtrier froid et calculateur. Pourvu que les enquêteurs arrivent à la même conclusion, espère-t-il.

19

Les documents comptables s'entassent sur le bureau de Pierre. Il s'étire et se cale contre le dossier de son siège. La situation financière de Baron Constructions est saine. La trésorerie permettra de poursuivre l'activité sans envisager de licenciements, même si l'entreprise prend du plomb dans l'aile à cause des événements récents. Les qualités de gestionnaire d'Yves étaient indéniables. Un seul point noir. Le siège vide de directeur général. Un point noir auquel Carole a déjà trouvé une solution. « Tu serais parfait dans ce rôle », a-t-elle soufflé à Pierre, la veille, après leur entrevue avec Mathieu. Avec la découverte de la malhonnêteté d'Antoine, Pierre est le seul en qui elle a confiance. Il a réservé sa réponse mais l'idée fait son chemin.

La sonnerie du téléphone l'arrache à ses pensées. Mme Taillandier, de l'agence Run Intérim, est arrivée, lui annonce Agnès. L'ancienne responsable d'Émilie Gereven ne tarde pas à frapper à sa porte. La quinquagénaire porte une robe crayon, beige, qui souligne sa silhouette mince. Des escarpins à hauts talons complètent sa tenue et la rendent presque aussi grande que Pierre. Ses cheveux auburn, coiffés en un carré flou, mettent en valeur des pommettes hautes et des yeux marron clair. Une belle femme, juge Pierre. À la séduction naturelle qui se dégage d'elle, s'ajoute un regard franc qui lui plaît. La poignée de main qu'ils échangent est ferme et finit de le conquérir.

— Je suis ravi de vous rencontrer, lui dit-il chaleureusement.

— Moi aussi, monsieur Martène, vous m'avez devancée en demandant ce rendez-vous, nous avions l'habitude de faire un bilan annuel avec M. Baron.

— Prenez place, je vous en prie, dit Pierre en désignant un des sièges devant son bureau.

— J'ai appris avec tristesse la mort de M. Baron et celle de son frère à mon retour de vacances, poursuit son interlocutrice. C'est une véritable tragédie. J'ai envoyé mes condoléances à la famille, nous collaborions depuis si longtemps, ça a été un véritable choc.

Si elle a des interrogations concernant les circonstances de leur mort, elle ne les exprime pas. De la même façon, le sujet des exactions d'Antoine passe sous silence. Pierre lui en est reconnaissant. Sa qualité de proche de la famille Baron fait de lui la cible des indiscrets de tous ordres. Un intérêt moins fondé sur une réelle sympathie que sur un appétit malsain pour le sensationnel et le morbide.

— Ils en seront très touchés j'en suis sûr. Est-ce que je vous sers un verre d'eau fraîche ou un café ?

— J'accepte volontiers les deux. Il fait une chaleur terrible, une trentaine de degrés de différence avec la métropole, il me faudra quelques jours pour m'y faire de nouveau.

Rien n'indique qu'elle souffre de la chaleur, pas même un cheveu qui frisotte sous l'effet de l'humidité de l'air.

— Je vous remercie d'autant plus d'être venue jusqu'ici.

— Baron Constructions est un de nos plus anciens clients et aussi un des plus réguliers, c'est la moindre des choses que je me déplace pour vous rencontrer.

Pierre pose devant elle café et verre d'eau avant d'entrer dans le vif du sujet.

— J'ai assuré une mission à la demande des actionnaires à la disparition de M. Baron, mais nous nous acheminons vers une collaboration plus longue, il est donc important que nous fassions le point tous les deux sur le partenariat entre votre agence et Baron Constructions.

Leur échange sur l'année écoulée occupe la demi-heure qui suit. Pierre a étudié son sujet. Les problèmes d'assiduité ou de compétences de certains intérimaires, ou encore la difficulté à dénicher des profils d'ouvriers qualifiés, n'ont plus de secret pour lui. Il conclut l'entretien par les postes administratifs à pourvoir pour orienter la conversation sur Émilie.

— Il nous faudra quelqu'un pour le service appels d'offres, celui dont s'occupait François Baron.

— Une personne qui dirigera le service à terme ? questionne Mme Taillandier.

— Non, nous proposerons le poste de responsable à Émilie Gereven, il nous faudra un collaborateur pour la seconder. Vous connaissez Émilie, je crois ?

— Oui, elle a travaillé avec nous pendant un an et demi avant de venir travailler chez Baron Constructions. C'est un excellent élément, vous feriez un très bon choix en la nommant responsable. Elle est rigoureuse, intelligente et elle a de l'ambition.

— Elle est efficace, j'ai pu le constater. Vous avez dû regretter de la voir partir à l'époque ?

— C'est vrai. Cette fille a tous les talents. Elle a démarré comme assistante de direction mais a souhaité être formée au recrutement. Du coup, quand une de mes collaboratrices a fait une malheureuse chute à vélo et a dû être immobilisée pendant des mois, Émilie l'a remplacée au pied levé et m'a sauvé la mise. Ensuite, elle s'est portée volontaire pour faire de la prospection auprès de nouveaux clients, et là encore, elle s'est très bien débrouillée. Elle a balayé tous les secteurs d'activité, mais c'est celui du bâtiment qui l'intéressait le plus. Au bout de neuf mois, elle s'occupait des plus gros clients, dont Baron Constructions. Et vous avez fini par la débaucher, conclut Mme Taillandier.

— Vous vous êtes laissée faire sans rien dire, vous m'étonnez, plaisante Pierre.

— Je peux vous assurer que je me suis battue pour la garder. J'avais des projets pour cette fille. Telle qu'elle était partie, elle aurait pu prendre ma place un jour.

— Vous avez été moins convaincante que nous, visiblement.

— À ma décharge, quand Émilie a une idée en tête, c'est difficile de lui faire changer d'avis. Je lui ai proposé plus de responsabilités, une augmentation, j'ai mis en avant le fait qu'elle démarrait chez vous avec un contrat de quelques mois, alors qu'elle était déjà à durée indéterminée à l'agence. Rien n'y a fait. On aurait cru que ce contrat chez Baron Constructions, c'était le Graal.

Pierre réfléchit. Tout le parcours d'Émilie chez Run Intérim ne semble avoir eu d'autre but que de la rapprocher de l'entreprise des Baron. Un hasard ?

Il repart à la charge, curieux d'en apprendre davantage.

— Quelles qu'aient été ses motivations pour venir chez nous, on ne peut que s'en féliciter. Nous sommes très contents de son travail et c'est d'ailleurs pour cette raison qu'on songe à elle pour remplacer François. Ma seule réserve est qu'Émilie n'a pas de bonnes relations avec ses collègues.

— Émilie est plutôt distante, en effet.

Mme Taillandier marque une pause pour choisir ses mots. Des propos maladroits porteraient préjudice à la jeune femme à un moment clé de sa carrière, se dit-elle.

— Elle laisse peu de place aux liens qui se créent habituellement au bureau, poursuit-elle, du coup, ça peut coincer avec les personnes qui ont besoin d'une part d'affectif dans leur environnement professionnel.

— C'est exactement ça, commente Pierre.

— Il m'est arrivé de faire tampon entre elle et l'équipe. Elle s'attirait les inimitiés de ses collègues par son côté employée modèle qui ne laisse rien la détourner de ses tâches.

— Chez Baron Constructions, elle fait l'unanimité, mais dans le mauvais sens. Elle snobe tout le monde.

— Émilie a grandi dans un milieu bourgeois. Ses manières et son air hautain peuvent donner cette impression, répond Mme Taillandier avec indulgence. En plus, elle était fille unique, une donnée qui joue souvent sur les relations qu'on développe à l'âge adulte.

— Elle s'est confiée à vous ? s'étonne Pierre. Ici, personne ne sait rien d'elle.

— Émilie et moi avons été proches. J'ai l'âge d'être sa mère. Cette orpheline qui se battait pour réussir m'attendrissait.

— J'ignorais aussi qu'elle n'avait plus ses parents.

— Une tragédie. Ils ont perdu la vie dans un accident, en montagne. Émilie était adolescente. Sa grand-mère maternelle l'a recueillie mais elle est morte, peu de temps après, elle aussi. À peine majeure, elle s'est retrouvée seule et sans argent. L'homme de confiance de sa grand-mère ayant dilapidé son héritage. Elle n'a pas baissé les bras. Des petits boulots lui ont permis de financer ses études. C'est un parcours admirable comparé à celui d'autres jeunes qui ont toutes les facilités et qui n'en profitent pas. Son histoire m'avait touchée. Je n'ai eu de cesse de l'encourager quand j'ai su ce qu'elle avait traversé.

Un vrai roman, songe Pierre.

— Elle a eu de la chance de pouvoir compter sur quelqu'un comme vous, lui dit-il avec sincérité.

— Je n'ai pas d'enfant, ça me paraissait normal de l'aider à démarrer dans la vie. En revanche, pour ne rien vous cacher, j'ai été peinée par ses réactions une fois qu'elle a quitté l'agence.

— Que s'est-il passé ? s'enquiert Pierre.

— Je l'ai invitée à déjeuner à plusieurs reprises, pour prendre des nouvelles, mais elle a toujours décliné sous des prétextes divers. Pourtant, nous étions en bons termes. Je m'étais fait une raison quant à son départ et j'étais heureuse qu'elle trouve un poste qui corresponde à ses aspirations. J'ai fini par laisser tomber, de toute évidence elle n'avait pas envie de rester en contact avec moi. Je ne lui en veux pas, conclut-elle d'une voix teintée de tristesse, la vie se chargera de lui apprendre que les mains tendues sont rares et ne se refusent pas.

À la fin de son entretien avec Mme Taillandier, le cerveau de Pierre est en ébullition. De façon très adroite, l'énigmatique Émilie semble avoir utilisé son ancien employeur comme un tremplin pour intégrer Baron Constructions. Étape après étape, elle s'est arrangée pour s'introduire dans la place tel un cheval de Troie. Attaquer de l'intérieur. L'assassinat d'Yves survient un an après qu'elle a manœuvré pour entrer dans sa vie. Une coïncidence ? Si tel n'était pas le cas, quelles raisons ont motivé son geste ? On ne tue pas sans mobile, se raisonne-t-il.

20

Le temps maussade du milieu d'après-midi sied à l'humeur sombre d'Anaïs. Les cocotiers qui bordent l'avenue se reflètent dans des flaques grises. Leurs palmes, jaunes et vertes, accoutumées à flirter avec l'azur ploient sous le poids du ciel bas. L'atmosphère ne se départ pas de sa touffeur malgré la pluie qui s'invite à intervalles réguliers depuis le matin. Une chaleur d'étuve enveloppe la jeune femme tandis qu'elle regagne son cabriolet devant le portail de sa maison. Une fois installée derrière le volant, elle actionne la climatisation et hésite quelques secondes. Elle a besoin d'être seule.

Rouler sans but ?

Indécise, elle démarre et s'engage dans la rue désertée par les vacanciers, rebutés par la météo incertaine. Une centaine de mètres plus loin, prise d'une impulsion soudaine, elle tourne à droite dans une des ruelles qui mènent au Bassin Pirogues. Marcher sur la plage me fera du bien, se dit-elle. Le conducteur de la voiture qui la suit, surpris par ce changement de direction qu'elle n'a pas signalé, la gratifie d'un coup de klaxon réprobateur. Elle adresse un regard contrit au rétroviseur. Son cerveau en ébullition ne lui permet pas une conduite attentive.

Une fois sa voiture garée à proximité du lagon, elle ôte ses sandales et se dirige vers la plage. Le contact frais du sable mouillé est délicieux. Des notes salées viennent à sa rencontre. Quelques pas de plus jusqu'à l'eau tiède. Immerger son corps tout entier la tente un instant. Le courant l'emporterait jusqu'au chenal, puis vers les grands fonds. Confier sa détresse à l'océan Indien.

Au lieu de cela, elle reste debout, attentive au clapotis de l'eau autour de ses chevilles. Des nuages prometteurs de nouvelles averses s'amoncellent sur l'horizon. Anaïs détourne les yeux du camaïeu de gris et se dirige vers la grande plage, déserte elle aussi. Au-delà de la baie, la barrière de corail ne contre plus l'océan. Les rouleaux viennent se prosterner à ses pieds. Le fracas des vagues s'apparente au tumulte de ses émotions. Des pans entiers de sa vie sont en train de s'écrouler. L'amour protecteur de son père lui manque. La conversation qu'elle vient d'avoir avec Antoine signe la fin de son mariage. Cet homme l'a dupée. Comment a-t-elle pu se leurrer à ce point sur lui ?

Antoine avait été libéré en début de matinée, après presque quarante-huit heures de garde à vue. Mis en examen pour corruption privée, les preuves manquaient pour l'inculper de l'assassinat d'Yves Baron. Même à l'affût d'un coupable, les enquêteurs n'avaient pu que constater que leur suspect n'avait pas l'envergure d'un escroc de haut vol et encore moins celle d'un meurtrier capable d'inventer un scénario complexe. Mathieu Passin l'avait reconduit jusque chez lui, Anaïs s'étant refusée à aller le chercher. Le devoir d'assistance à laquelle elle s'était engagée en l'épousant n'était plus d'actualité après la trahison d'Antoine à l'encontre de sa famille. La jeune femme l'avait attendue, les yeux secs, préparée à une ultime discussion. « Je veux lui dire en face ce que je pense de lui », avait-elle opposé à sa mère, inquiète qu'elle le rencontre seule.

Antoine lui était apparu abattu. Les vêtements froissés. Une barbe de deux jours. Le regard fuyant. Il avait perdu de sa superbe. S'il avait affiché cette expression au moment de leur rencontre, elle ne l'aurait même pas remarqué. Une attitude de chien apeuré par le verdict de sa maîtresse après qu'il l'a fâchée. Consternant. Elle aurait préféré le défi. Son mépris n'en fut qu'augmenté. Comment avait-elle pu tomber amoureuse de ce lâche, incapable d'endosser les conséquences de ces actes ? Antoine avait larmoyé. Pitoyable. Elle devait le comprendre, lui donner une seconde chance. Il n'avait pas conscience de compromettre les Baron en pratiquant ces « arrangements » avec les sous-traitants. C'était une pratique courante dans ce milieu. Il ne méritait pas de tout perdre à cause de cette erreur. Il regrettait amèrement d'avoir cédé à la tentation du gain facile. Elle pouvait lui reprocher sa faiblesse, mais il n'était pas malhonnête au fond, elle le savait, non ? Sa tirade avait abasourdi Anaïs. Un flot de paroles où l'argent revenait trop souvent. À qui s'adresse-t-il, à la femme qu'il aime ou à celle qui lui assure un certain niveau de vie ? s'était-elle demandé pendant qu'il se dépêtrait de ses interminables justifications. Une lucidité douloureuse lui criait qu'il ne la retenait pas par amour. Elle l'avait interrompu avec une brutalité qu'elle ne se connaissait pas. Rien ne pourrait justifier sa trahison. « Comment pourrais-je de nouveau te faire confiance après ce que tu nous as fait ? », lui avait-elle hurlé au visage. Qui était cet homme ? En réalité, elle ne le savait pas. Sa duplicité ouvrait la porte à toutes les éventualités. Son enfance en banlieue parisienne, cette vie

« d'avant » dont la seule évocation lui répugnait, n'était-ce pas une fable ? Après tout, elle n'avait rencontré ni les parents, ni le frère de son mari. Non, lui avait-il assuré, elle savait tout ce qu'il y avait à savoir de sa famille. Anaïs avait continué la revue des moindres parcelles de leur vie. La question fatidique avait fini par arriver. Avait-elle été la seule depuis leur mariage ? Silence et yeux rivés au sol. Une réponse en soi. Anaïs lui avait donné jusqu'au lendemain matin pour quitter *sa* maison. Pour la première fois, elle s'appropriait ce lieu, jusqu'ici leur refuge à tous les deux.

Une lame plus forte asperge le haut de ses cuisses découvertes. Elle s'éloigne de la mer et se presse vers les arbres qui bordent la plage. Assise en tailleur, le dos calé contre l'écorce rugueuse d'un filao, ses pensées la harponnent de nouveau. Elle n'a plus versé une larme depuis la veille. Elle ne saurait dire à quel moment précis elle avait décidé que le temps n'était plus aux lamentations. À l'abattement avaient succédé la colère et la détermination. Détermination à prendre sa vie en main. Les récentes confidences de sa mère, sur le couple qu'avaient formé ses parents, lui étaient revenues en mémoire. Une réalité éloignée de la vision teintée de rose qu'Anaïs avait pu en avoir. Un duo, incarnant la solidité aux yeux de la jeune femme, à l'ombre duquel elle s'était construite. Un leurre. Avec Rémi, puis avec Antoine, Anaïs avait cherché à reproduire ce qui n'était au fond qu'un mirage. Deux tentatives s'étant d'ailleurs soldées par des échecs. Des expériences dont elle tirait pourtant le même bilan. Elle pouvait continuer à se mentir et prétendre que l'un comme l'autre l'avaient dupée. La vérité ? Elle s'était abusée.

Avant sa rencontre avec Antoine, elle avait été amoureuse de Rémi sur qui elle avait jeté son dévolu dès leur première rencontre aux Beaux-Arts. Leurs points communs ne se comptaient plus, convainquant Anaïs que Rémi était sa moitié. Il y avait bien quelques aspects de leurs rapports qui la dérangeaient. Ils furent occultés. Leur vie sexuelle était éteinte, par exemple. L'esprit romantique d'Anaïs avait transformé cet amour, anormalement platonique, en un attachement qui dépassait les représentations communément admises de la relation amoureuse. Lorsque, parfois, le front tourmenté de Rémi avait laissé deviner un combat intérieur dont elle ignorait tout, elle s'était rassurée. Le talent ne naissait-il pas de cette part d'ombre de l'artiste ? L'illusion avait perduré jusqu'au jour où il avait eu le courage de lui révéler son homosexualité. Le mensonge était devenu un cancer qui le rongeait. Il aimait profondément Anaïs, mais ce ne serait jamais comme un amoureux devait aimer.

Avec Antoine, elle avait reproduit le même schéma. À l'annonce de son projet de mariage avec le jeune homme, son père avait tenté de la mettre en garde. Une relation durable ne se bâtissait pas sur l'attirance pour un partenaire mais sur des valeurs communes. Antoine partageait-il ses principes, sa vision de la vie ? Non, peut-être pas, avait-elle rétorqué, mais n'était-ce pas justement ce qui ferait la richesse de leur couple ? Ce qui gênait son père, au fond, c'est qu'Antoine n'appartenait pas au même milieu que les Baron. Ce mariage était synonyme de mésalliance pour lui, même s'il se gardait bien de prononcer ce mot. Antoine avait grandi dans un milieu défavorisé. Et alors ? Était-il, pour autant, condamné à y rester ? Elle avait gagné le bras de fer contre son père. À force de conviction, s'était-elle convaincue à l'époque. En réalité, il lui avait cédé, comme il cédait à tous ses caprices. Portée par ses idéaux et son amour pour Antoine, elle avait ignoré tous les signes qui pouvaient donner raison à son père. La gêne de son mari lorsque leurs amis, tous issus de familles aisées, utilisaient des références qui n'étaient pas les siennes ? L'intelligence d'Antoine lui permettrait de paraître un des leurs en un rien de temps. Son ennui profond qu'il ne parvenait pas à dissimuler au cours des dîners auxquels ils étaient conviés ? Il se pliait à une vie sociale intense pour faire plaisir à sa femme mais n'était pas d'un naturel mondain. Tout ce qui pouvait ternir le tableau qu'elle peignait avait été balayé de la sorte. Ce mariage, son œuvre, serait parfait.

D'où me vient cette capacité à nier l'évidence ? se demande Anaïs. Croire qu'elle peut transformer la réalité selon ses désirs relève d'un sentiment d'omnipotence enfantin. N'est-il pas temps de grandir ?

Elle redresse son dos. Le temps s'éclaircit. L'horizon s'est débarrassé des nuages gorgés d'eau qui l'encombraient quelques instants auparavant. Un souffle léger, venu de l'océan, caresse le visage d'Anaïs. Elle l'interprète comme un baiser de son père sur sa joue pour l'encourager dans ses résolutions. « Assieds-toi près de moi », murmure-t-elle. Elle veut avoir confiance. Il sera à ses côtés pour l'accompagner dans la voie qu'elle prend.

21

Pierre se laisse tomber sur son siège de bureau. La fin de journée se profile sans qu'il l'ait vue arriver. Une multitude de tâches liées à la gestion quotidienne de l'entreprise l'ont absorbé avec, en toile de fond, l'enquête pour corruption impliquant Antoine. Un rythme soutenu auquel il devra se réhabituer s'il accepte la proposition de Carole d'occuper le poste de directeur général.

Il s'affale contre le dossier de son fauteuil, tourné vers la fenêtre, en expirant longuement par la bouche. La réverbération lui fait mal aux yeux. Il ramène ses lunettes sur le dessus de son crâne rasé et se masse les tempes pour tenter de soulager un mal de tête dont le paracétamol n'est pas venu à bout.

La pluie se retire mais une mince couverture nuageuse persiste, diffusant une lumière laiteuse. Cette partie du bâtiment donne sur l'extension de la zone d'activités. Hangars et locaux d'entreprises sortent de terre à la vitesse de champignons. La ville, placée en bordure de voie rapide, est attractive pour les industries devant livrer leurs marchandises sur toute l'île. Plus loin, près du cimetière, des logements sociaux se multiplient. Leur architecture singe un habitat traditionnel, devenu minoritaire dans ce quartier. Des teintes vives tentent d'égayer ces immeubles sans charme. La misère serait-elle moins pénible en couleur ? La carte postale du littoral est loin, bien qu'on soit à moins de cinq kilomètres de la partie balnéaire de la ville. « L'envers du décor », observe Pierre.

La sonnerie du téléphone le fait sursauter, mettant fin à ce moment de répit.

— Il y a quelqu'un pour vous à l'accueil, monsieur Martène, l'informe Christine.

— Qui donc ? demande-t-il, surpris.

Il est plus de 17 heures. Il n'attend personne.

— Augustine Rigot.

Cette visite a de quoi étonner. Il croise régulièrement Augustine chez Carole. Pourquoi s'est-elle déplacée jusqu'au siège de l'entreprise pour le rencontrer ?

— Je descends la chercher.

Pierre sort sur la coursive et emprunte l'escalier qui mène au rez-de-chaussée. Assise sur le bord d'un des sièges de l'accueil, la vieille employée patiente, le dos droit et les mains réunies sur les anses d'un panier posé sur ses genoux. Le grand hall la fait paraître encore plus petite. Elle se lève en apercevant Pierre et s'avance vers lui de sa démarche raide.

— Je suis désolée de vous tomber dessus comme ça, mais il fallait que je vous voie.

— Vous ne me dérangez pas, Augustine, j'ai toujours du temps pour vous.

Un regard impatient accueille ce qu'elle considère comme une formule de politesse superflue.

— Où est-ce qu'on peut se parler tranquillement ?

— Suivez-moi, lui répond le quinquagénaire, intrigué.

À son entrée dans le bureau de Pierre, elle jauge la décoration hétéroclite d'un œil critique.

— J'occupe provisoirement le bureau d'une collègue qui est en arrêt maladie, se sent-il obligé d'expliquer lorsque le regard de sa visiteuse s'arrête sur la photo d'une portée de chatons.

Augustine ne commente pas et s'assied en face de lui.

— J'ai besoin de votre avis concernant quelque chose qui me turlupine, commence-t-elle en guise de préambule.

Pierre se penche en avant pour signifier qu'il est à son écoute.

— Vous vous rappelez cette photo que François a laissée près de sa lettre d'adieu quand il s'est tué ?

Pierre hoche la tête. Les gendarmes n'ont pas réussi à identifier la jeune fille qui y figure auprès des proches de François. Le lieutenant Rousseau n'a pas accordé une grande importance à cet élément.

— Je sais qui est cette fille mais je ne leur ai pas dit et, depuis, je ne suis pas tranquille, poursuit-elle, soulagée de se débarrasser des confidences qui l'ont amenée jusqu'à lui.

Pierre hausse un sourcil interrogateur.

— Qui est-ce ?

— Une gamine que François a fréquentée il y a très longtemps, elle s'appelle Isabelle, il l'a rencontrée au lycée.

— Mais pourquoi avoir prétendu que vous ne la connaissiez pas ?

Augustine ne sait quoi répondre.

— Parce que je ne pouvais pas. J'ai mes raisons.

— Si vous voulez que je vous aide, il va falloir m'en dire un peu plus, Augustine.

La vieille femme soupire, elle ne peut plus reculer.

— François a rencontré cette fille quand il est entré au lycée de Saint-Louis pour préparer son BTS. Elle était plus jeune que lui, une très jolie fille, il en est tombé fou amoureux.

La suite était plutôt banale, la jeune femme s'était retrouvée enceinte au bout de deux ou trois mois. Ce qui faisait de François un sacré nigaud et de cette Isabelle, une fieffée dévergondée, selon Augustine. Tout à sa passion pour la jeune fille, François s'enthousiasma à l'annonce de cette nouvelle et s'engagea à épouser Isabelle. Avec naïveté, il en informa son père et son frère aîné, convaincu de leur soutien dans son projet de mariage. La réponse de M. Baron père fut sans appel. Pas question que son fils épouse cette fille, issue d'un des quartiers les plus pauvres de Saint-Louis. Elle tentait de mettre le grappin sur lui, c'était certain. Un « pié d'ri », voilà ce François représentait pour elle. Un brave type qui l'entretiendrait et la sortirait de sa condition. François supplia Yves de plaider sa cause auprès de son père.

Le ton d'Augustine s'adoucit lorsqu'elle évoque Yves Baron. Il a été plus malin que son père, se rappelle-t-elle. Ce n'était pas bon de s'opposer frontalement à François, avait-il expliqué au vieil homme inflexible. Un refus catégorique conforterait les deux jeunes gens dans leurs intentions. Peut-être même qu'il les conduirait à s'enfuir ensemble. Yves avait suggéré une méthode différente. Instiller le doute chez François à propos des sentiments d'Isabelle, tout en prétendant adhérer aux plans de son frère.

— Ça n'a pas dû être bien compliqué quand on connaît l'ascendant qu'il exerçait sur François, commente Pierre, choqué par la manœuvre.

Augustine lui jette un regard noir mais ne relève pas. Son récit redémarre. Comme on pouvait s'y attendre, Isabelle vécut très mal les questionnements et les atermoiements de François. Elle se sentit insultée. Ils se séparèrent.

— François et cette Isabelle ne se sont pas recroisés par la suite ? Ils n'ont jamais eu l'occasion de clarifier ce malentendu ?

— M. Yves avait pensé à tout. Pour ne pas qu'ils se rabibochent, il a fait en sorte que cette Isabelle disparaisse.

— Qu'est-ce que vous voulez dire ? Il ne l'a pas tuée tout de même ? s'écrie Pierre.

— Vous avez une imagination débordante, déplore Augustine en levant les yeux au ciel. Bien sûr que non. Il a donné de l'argent à la mère d'Isabelle, une mégère avide, pour qu'elle organise le départ de sa fille chez une de ses tantes en métropole. Le problème a été réglé.

Le maître argent qui vient à la rescousse, songe Pierre. Un moyen auquel le patron d'Augustine recourait avec tant de facilité que cela ne semblait guère étonner la vieille employée.

— Vous savez ce qu'est devenue Isabelle ? Elle était réellement enceinte ou pas ?

— Je n'en sais rien, je ne connaissais pas ces gens. Je ne me suis jamais préoccupée de leur sort. Jusqu'à ce que je voie cette photo, je ne pensais plus du tout à cette histoire, répond Augustine avec une moue où transparaît une pointe de mépris.

Elle se souvient cependant qu'Yves Baron avait vérifié que la jeune fille avait bien quitté l'île. La mère d'Isabelle l'avait rassuré, se vantant que l'adolescente s'était fiancée avec un « zoreil ». Un métropolitain, qui allait faire d'elle une grande dame.

— Dans l'esprit de ces gens-là, épouser un gars de là-bas, c'était mieux qu'un diplôme, conclut la vieille employée, dépitée par la bêtise d'un tel raisonnement.

Pierre ne comprend toujours pas pourquoi Augustine est allée jusqu'à mentir aux enquêteurs à propos de la photo. Même si l'attitude d'Yves à l'égard de son frère est moralement inacceptable, au regard de la loi, manipuler un proche n'est pas un crime.

— Je ne voulais pas salir la mémoire de M. Yves, lui rétorque Augustine avec le ton d'un ministre auprès de qui on s'étonne qu'il ait gardé un secret d'État. Même s'il avait les meilleures intentions de la terre, je suis consciente qu'il a mal agi. Qui plus est, s'enorgueillit-elle, il m'a toujours fait confiance pour garder les secrets de la famille, même Madame n'est pas au courant de cette affaire.

Pierre réfléchit. Il n'y a probablement pas de rapport direct entre ce que vient de lui apprendre Augustine et le suicide de François. On ne se tue pas par amour trente ans après la fin d'une relation. En revanche, le cadet des Baron aurait pu revoir Isabelle récemment. Après toutes ces années, les anciens amants auraient ainsi pu s'expliquer. François aurait découvert le rôle joué par Yves dans le départ de sa dulcinée. Ces divulgations lui auraient-elles fait perdre la tête, l'amenant à assassiner son frère avant de se donner la mort ? Sa lettre d'adieu prendrait alors un sens nouveau. François avait écrit vouloir rejoindre son frère, non pas parce que l'existence était intolérable sans lui, mais parce qu'il ne pouvait se pardonner d'avoir commis un fratricide. Augustine se récrie lorsqu'il partage avec elle une telle éventualité. « Je connaissais ces deux-là comme si je les avais faits, François était incapable de s'en prendre à son frère ! »

Elle a raison, songe Pierre, un brin découragé. Empoisonner Yves Baron, chez lui, devant une centaine d'invités suppose audace, sang-froid et assurance. Autant de traits de caractère que le pauvre François ne possédait pas. Non, ça ne colle pas. Une piste qui n'en est pas une. Quelle prétention d'avoir pensé qu'il ferait mieux que les gendarmes pour démêler l'écheveau du crime d'Yves Baron. Qu'est-ce qu'il a à se mettre sous la dent ? Rien à l'exception d'une Émilie Gereven déterminée à venir travailler chez Baron Constructions au point que cela en devient suspicieux. Émilie. Depuis sa rencontre avec Mme Taillandier, Pierre cherche les raisons qui ont poussé la jeune femme à se faire embaucher à tout prix. En vain.

— Il faut tout de même raconter cette histoire au lieutenant Rousseau, conclut-il à l'attention d'Augustine. Je vous conduis à la gendarmerie avant la fermeture.

22

La terrasse est particulièrement accueillante à cette heure de la soirée. Les averses de la journée se sont arrêtées aux portes de Saint-Leu. L'air tiède effleure délicieusement la peau. Installée sur un transat, Émilie savoure l'instant.

Peu de sons troublent la musique paresseuse des vagues qui s'échouent à quelques dizaines de mètres. Un verre de vin blanc à portée de main, la jeune femme tourne le dos à l'océan, préférant le spectacle des pentes, à l'assaut desquelles l'urbanisation s'est lancée. Les lumières des habitations remplacent progressivement les champs de cannes et se font plus rares à mesure que le ciel approche. Les étoiles clignotent timidement, gênées par cette concurrence artificielle.

Elle n'est pas mal, cette île, pense Émilie.

Cette terre, d'où elle tire ces racines, lui est étrangère. Elle n'est pas d'ici. Elle n'est pas de là-bas, non plus. Ce là-bas inhospitalier où sa mère en dérive s'est échouée. Ce là-bas qui l'a vue naître mais auquel elle n'appartient pas. Peu lui importe d'être d'ici ou de là-bas. Ce qui compte, c'est de sortir du rôle de victime que la vie s'acharne à lui donner.

De toute son existence, la chance lui avait souri une unique fois. Pas le genre de sourire compatissant pour les épreuves qu'Émilie avait déjà endurées. Non. Un sourire sardonique, qui semblait dire : « Profite du bonheur que je t'offre, mais fais vite, ça ne va pas durer. »

Lorsqu'elle avait douze ans, sa route avait croisé celle des Gereven, un couple généreux qui souhaitait adopter un enfant. Avec cette rencontre, Dieu, ou elle ne savait qui, lui avait fait miroiter une vie conforme à celle que toutes les petites filles devraient avoir. Une vie sans cri. Une vie sans violence. Une vie où votre mère n'est pas trop saoule pour vous protéger de la lubricité de son compagnon. Une vie dans laquelle vous n'essayez pas de réveiller vainement cette même mère, un matin, avant de vous rendre compte que, cette fois-ci, les coups qu'elle a reçus lui ont été fatals. Ce Dieu, ou quiconque était responsable de ce bonheur, nouveau pour elle, lui avait permis d'y goûter, avant de le lui retirer avec une perversité toute humaine. À quoi tient un destin ? Dans son cas, à une avalanche qui avait emporté les deux seules personnes qui se soient jamais préoccupées d'elle.

Qui serait Émilie, aujourd'hui, si les Gereven étaient toujours vivants ? Auraient-ils pu combler des années de carence affective et étouffer le vice que d'autres avaient semé en elle ? Peut-être qu'elle serait devenue une Anaïs Visterria, protégée contre les coups du sort. Encore que, ce n'est plus vraiment le cas, ces temps-ci, songe Émilie. La fille de son défunt patron expérimente la souffrance et le deuil, elle aussi. De quoi entamer sa belle confiance en l'avenir, même si, du point de vue d'Émilie, ce que traverse Anaïs n'a rien de comparable avec ce qu'elle-même a vécu. À Anaïs, il reste au moins une mère auprès de qui pleurer. Quel est le mot pour qualifier le type d'orpheline qu'est Émilie ? Son géniteur ne connaît pas son existence. Sa mère est morte, victime de violences conjugales, comme disent les statistiques. Les Gereven sont décédés accidentellement quelques mois seulement après qu'elle fut entrée dans leur vie. Non, décidément, en matière de malheur, Anaïs ne peut pas rivaliser avec elle.

Après l'accident des Gereven, les options ne furent pas nombreuses pour Émilie. Elle fut recueillie par les parents de son père adoptif, ses tuteurs légaux aux yeux de l'administration. Un couple de gentils retraités vivant dans une authentique chaumière normande, enfouie dans la campagne. Émilie ne leur avait rendu visite qu'une seule fois. La fillette s'installa chez eux au début du mois de janvier 1997. Une forte odeur de renfermé la saisit dès le seuil de la maison. Une odeur tenace qui imprégnait la bâtisse, le moindre objet et même ses occupants. Le lieu fit immédiatement horreur à Émilie. Enfermée dans sa chambre, elle passait ses journées à lire – activité à laquelle l'avaient convertie les Gereven – ou à contempler le morne paysage hivernal, par la fenêtre. Elle ne répondait que par monosyllabes aux questions des deux vieux qui ne ménageaient pourtant par leurs efforts pour l'intégrer dans son nouvel environnement. Elle leur opposait un front buté. La préadolescente craignait de s'attacher à eux. Elle avait perdu tous ceux qui lui étaient chers. Elle n'aimerait plus personne. Ce monde lui était hostile. Elle s'endurcirait pour y vivre. La haine comme stratégie de survie.

Quelques semaines passèrent et Émilie dut reprendre sa scolarité. Asociale, elle devint la cible des moqueries des élèves du collège. Leurs rires cessèrent lorsqu'elle menaça l'un d'eux avec un couteau de cuisine, subtilisé à sa grand-mère. Le principal invita courtoisement les Gereven à rechercher un autre établissement susceptible de mieux lui convenir. Les services sociaux se saisirent du dossier d'Émilie. Une institution privée l'accueillit. Cette mesure fut couplée à des séances hebdomadaires chez un psychologue, mais Émilie ne se départit pas du regard froid qu'elle jetait désormais sur le monde. Un nouvel incident survint. Émilie tenta d'étrangler une de ses camarades. Elle resta silencieuse sur les raisons de son geste. Après ce second événement, ses grands-parents adoptifs baissèrent les bras. Ils n'avaient plus l'énergie nécessaire à la prise en charge d'une adolescente difficile. Émilie alterna dès lors foyers et familles d'accueil jusqu'à sa majorité.

Sous l'effet des souvenirs qui affluent, son corps s'est contracté. Elle secoue la masse de ses cheveux crépus pour éloigner les démons qui viennent la hanter. Ne pas s'aventurer sur les chemins tortueux où ils peuvent l'emmener. Garder le contrôle de ses émotions. Il ne s'agit pas de se relâcher. Pour l'instant, elle doit continuer à donner l'illusion de la jeune femme stricte, qu'elle affiche en public. Son masque tombera en son temps.

Une gorgée de gewurztraminer scelle sa détermination à ne pas se laisser submerger par son passé. Ce vin exubérant l'enchante toujours. Son nez attrape des notes de fruits exotiques, de rose, d'agrumes, d'épices. Des arômes qui chassent ses ruminations. Un sourire détend ses traits. L'expression, qui voilait son visage quelques secondes auparavant, se retire aussi promptement que les lambeaux de brouillard dans les recoins montagneux de La Réunion. Ses connaissances en œnologie lui viennent d'un sommelier qu'elle a fréquenté pendant quelques mois. Un passage obligé pour rendre plus crédible le personnage de fille de bonne famille qu'elle s'est fabriqué. Elle aime les bonnes bouteilles mais elle boit avec modération. Pour fouler aux pieds l'atavisme. Elle refuse l'héritage de l'alcoolisme et autres tares de ses ancêtres. Cette sale engeance qui perpétue, depuis des siècles, sans le comprendre, des comportements autodestructeurs. Même sa mère n'a pas compris qu'elle pouvait tenir les rênes de son destin. Une victime-née, que cette pauvre mère, la parfaite illustration du déterminisme. L'opposée d'Émilie, qui a décidé de ne plus être malmenée par la vie.

Pensive, elle scrute le ciel en jouant avec ses mèches frisées. Sa conversation avec Antoine, un peu plus tôt dans la soirée, lui revient à l'esprit. Pauvre chou, se moque-t-elle. Son épouse lui a signifié son congé après la découverte de ses petites magouilles. Ce type est tellement stupide. Il a suffi de lui souffler l'idée de soutirer de l'argent aux sous-traitants pour qu'il plonge aussitôt. Résultat ? Dans quelques heures, il n'aura même plus un endroit où dormir. Et vers qui se tourne-t-il en espérant du réconfort ? Vers elle, bien sûr. Il n'a pas été déçu, ironise la jeune femme. Sa naïveté est confondante. Au nom de quoi l'hébergerait-elle ? Pourquoi lui appartiendrait-il de le consoler ? Il n'a jamais été question d'amour entre eux. Antoine ne s'en est d'ailleurs jamais plaint jusqu'à aujourd'hui. Au contraire. Quoi de plus confortable, pour un homme marié, qu'une maîtresse qui n'attend de lui que des moments de plaisir ? Elle n'est pas responsable de lui.

Pas de scrupule. Pas de regret non plus. Leurs ébats ne lui manqueront pas. Le sexe n'est qu'un moyen de tenir un homme tant qu'il sert ses intérêts. Un sourire étire ses lèvres. C'était tellement facile d'obtenir ce qu'on veut des gens, et a fortiori des hommes. De vraies marionnettes. À quelques exceptions près. « Comme ce Pierre Martène », grommelle-t-elle. Un fouineur dont elle doit se méfier. Hier, il a reçu Mme Taillandier. Ils ont parlé d'elle, c'est certain. Mauvais. Plus que quelques jours et elle déguerpira. Sa vraie identité doit demeurer secrète, au moins jusque-là.

23

Pierre bat la mesure sur le volant de sa Mini au rythme de « Kokomo » des Beach Boys. Malgré les paroles de la chanson qui invitent au farniente, il se sent prêt à abattre des montagnes. La veille, après sa déposition à la gendarmerie, il a raccompagné Augustine puis est rentré chez lui, fourbu. Allongé dans sa chambre aux volets clos pour calmer sa migraine, il avait fermé les yeux. Il ne les avait rouverts que dix heures plus tard, vers 5 heures du matin, tiré du sommeil par l'hommage bruyant des oiseaux aux premières lueurs du jour.

Même la perspective, peu réjouissante, de son rendez-vous avec Antoine n'entame pas sa bonne humeur. Le gendre des Baron a appelé Pierre après qu'Anaïs lui a annoncé sans ménagement qu'il ne faisait plus partie de l'entreprise. « J'ai besoin de savoir ce qui va se passer pour moi », l'avait sollicité Antoine. Les deux hommes avaient convenu de se rencontrer à Saint-Pierre, à l'abri des regards inquisiteurs de connaissances qu'ils ne manqueraient pas de croiser à L'Étang-Salé.

Alors qu'il s'engage sur la voie rapide, son échange de la veille avec le lieutenant Rousseau lui revient en mémoire. Le militaire avait assuré Pierre qu'il vérifierait ce qu'était devenue l'ancienne petite amie de François. Il ne voulait négliger aucune piste. Le détective amateur en avait profité pour lui narrer en détail ce qu'il avait découvert à propos des efforts d'Émilie pour faire partie des salariés de Baron Constructions. Un autre élément à creuser, lui semblait-il. « Vous devenez parano, monsieur Martène, s'était moqué l'enquêteur, Mlle Gereven m'a paru une personne tout à fait comme il faut lorsque je l'ai interrogée après le meurtre. »

Sur l'ouvrage d'art enjambant la Rivière Saint-Étienne, la circulation devient dense. La plus grande ville du sud de l'île constitue un point d'attraction pour les habitants des villes voisines, moins bien loties en commerces. Pierre soupire. Inutile de s'énerver, se dit-il en regardant sa montre, je suis en avance. À la sortie du pont, sur la droite, le regard se heurte au centre d'enfouissement des déchets de Pierrefonds. Cent millions de tonnes d'immondices, amoncelés, tentent de se faire passer pour une colline.

À l'entrée de la capitale du Sud, Pierre renonce à prendre le boulevard longeant le bord de mer, toujours encombré. Il traverse le centre-ville en empruntant une rue parallèle avant de descendre vers le quartier de Terre Sainte, où il doit rejoindre Antoine.

Parvenu à destination, Pierre gare la Mini à l'ombre des banians, gardiens postés à l'entrée du village de pêcheurs. Les arbres offrent un abri naturel aux vieux du coin, s'adonnant là à une inactivité de bon aloi, étant donné leur âge. L'Audi noire d'Antoine n'est pas en vue. Le quinquagénaire marche sur la jetée jusqu'au phare vert et blanc qui scrute l'horizon.

Son réveil matinal lui a permis de dresser le bilan des quelques semaines qu'il a passées chez Baron Constructions. Quelles que soient les difficultés à surmonter – surtout dues au contexte dans lequel il prend ses fonctions –, Pierre se sent revivre depuis qu'il se rend quotidiennement au siège de la société. Le sentiment d'être utile lui est redevenu familier. Un sentiment qu'il ne goûtait plus depuis de longues années en tant qu'enseignant.

Vingt ans en arrière, il avait reçu sa première affectation en lycée professionnel. Son bel enthousiasme de l'époque a pris du plomb dans l'aile. Sa foi en son métier s'est érodée sous l'assaut des plaintes de certains de ses collègues lassés de faire régner l'ordre dans leur classe plutôt que d'enseigner. Sa motivation a été entamée par le manque d'intérêt d'une majorité d'élèves pour qui la comptabilité, la matière qu'il enseigne, représente une voie de garage. L'usure prenant le dessus, depuis des années, il se rend à son travail à reculons. À sa frustration d'avoir échoué dans son ambition candide de faire évoluer l'institution, s'ajoute la culpabilité d'abandonner ces adolescents à leur triste sort. Les tirer vers le haut comme il se l'était promis est cependant au-dessus de ses forces aujourd'hui.

Si cette opportunité chez Baron Constructions ne s'était pas présentée, combien de temps aurait-il continué ainsi ? La réponse à cette question lui importe peu maintenant que sa décision est prise. Au saut du lit, il a rédigé une demande de mise en disponibilité adressée à son administration. La perspective de prendre les commandes de l'entreprise l'excite. Les idées pour développer l'activité se bousculent dans sa tête.

Il fait demi-tour. Deux touristes mitraillent la côte de leurs appareils photos. Un labrador chocolat talonne son maître en train de courir. Antoine a repéré de loin la haute stature de Pierre et son crâne rasé. Il avance dans sa direction. Une barbe de plusieurs jours noircit les joues creuses du trentenaire. Sa tenue négligée détonne avec l'allure qu'il avait encore quelques jours auparavant. Un jean fatigué et un T-shirt en coton blanc, complétés de vieilles Converse, couleur mastic. L'examen de sa silhouette, auquel se prête Pierre, n'échappe pas à Antoine.

— Les efforts vestimentaires ne sont pas ma priorité en ce moment, annonce-t-il, maussade, en lui serrant la main.

Pierre ne commente pas. Les deux hommes rejoignent la rue principale et entrent dans un café. Une case en bois, bleue et blanche, transformée en un sympathique troquet. Une cliente discute avec le patron. À grand renfort de détails, elle décrit les différentes excursions qu'elle a entreprises durant son séjour dans l'île. Le propriétaire des lieux profite de la commande des nouveaux arrivants pour interrompre ce récit circonstancié. Les deux expressos servis, Pierre amorce la discussion sans détour.

— J'ai informé Carole de notre rencontre de ce matin mais cet entretien n'a rien d'officiel, nous sommes bien d'accord ?

Antoine acquiesce.

— Dis à Carole à quel point je suis désolé. J'ai agi de façon stupide. J'espère qu'elle ne croit pas que je suis responsable de la mort d'Yves, je suis incapable de faire une chose pareille.

— Personne ne pense que tu es coupable du meurtre, pas même les gendarmes visiblement, sinon tu ne serais pas assis en face de moi. Pour l'affaire de corruption, la société va se constituer partie civile, comme tu peux t'en douter.

— Et en attendant ?

— La procédure pour ta mise à pied est en cours et ton licenciement pour faute grave suivra.

Les épaules d'Antoine s'affaissent. Le début de sa déchéance. Plus de logement. Plus de salaire.

Pas un sou de côté. La belle Audi noire ne lui appartient pas. Voiture de fonction. Plus de fonction. Plus de voiture.

— Je suis fini, murmure-t-il.

Les coudes sur la table, il se prend la tête entre les mains, accablé par cette dégringolade résumée en quelques mots. Pierre pose une main compatissante sur son épaule.

— Tu as des gens à qui parler autour de toi ? Ta famille ?

— Ce n'est pas par hasard que je vis à dix mille kilomètres de ma famille, lâche Antoine, en se redressant. Suivre Anaïs ici, c'était aussi une façon de les fuir. Je ne les appellerai pas au secours. J'ai toujours été un bon à rien pour mon père, ce qui arrive ne fera que le conforter dans ce qu'il pense de moi. Quant à ma mère, elle n'a jamais osé le contrarier. Je ne ferais que l'inquiéter sans qu'elle puisse y faire quoi que ce soit si je me confiais à elle.

— J'en suis désolé pour toi, tu pourras te tourner vers tes amis dans ce cas.

— Tu veux parler de cette bande de snobinards qu'on fréquentait à Étang-Salé-les-Bains, Anaïs et moi ? Je ne suis rien pour ces gens-là, ils vont rester bien planqués dans leurs jolies maisons, de peur d'être salis par cette histoire.

— Ce sont tes seules relations ?

— Je ne connaissais personne à La Réunion à mon arrivée, Anaïs m'a introduit dans son groupe d'amis. J'ai essayé de me faire croire que j'appartenais à ce monde, poursuit-il, amer. La réalité se rappelle à moi. Si un de ces gosses de riches faisait une connerie, les siens le protégeraient. Moi, on va me lyncher.

Pierre est tenté de rappeler à Antoine qu'il ne peut s'en prendre qu'à lui-même, mais s'abstient. Ne tire pas sur l'ambulance, se dit-il. De plus, il tient peut-être l'occasion d'amener Antoine sur le sujet de sa prétendue relation avec Émilie Gereven.

— Et parmi tes collègues ? Il n'y a personne dont tu sois proche ? Vous semblez bien vous entendre, Émilie et toi.

Antoine laisse planer un silence gêné. Pierre en profite pour mettre les pieds dans le plat.

— Je ne voulais pas t'embarrasser, vous êtes bien *amis* ? insiste-t-il en appuyant sur ce dernier mot.

— On était plus que ça, confie Antoine, fatigué de tricher. Jusqu'à hier, en tout cas. Parce qu'elle m'a jeté comme un moins que rien elle aussi.

Blessure d'amour-propre et déception s'entendent dans la voix du jeune homme. Il se tait.

— Elle a réagi sous le coup de la colère, si elle t'aime elle reviendra à de meilleurs sentiments, le relance Pierre.

— M'aimer ? Tu plaisantes, répond Antoine avec un rire triste. Elle m'a rappelé qu'elle n'avait jamais prétendu être amoureuse de moi. Ce qui est vrai. Mais je pensais qu'elle était une amie, au moins. En réalité, je n'étais rien à ses yeux, cette fille n'a pas de cœur, je suis le roi des imbéciles d'avoir cru que je pouvais compter sur elle.

Voilà qui rejoint la description d'Émilie que m'a faite Mme Taillandier, songe Pierre. Les gens qui croisent la route de la métisse doivent servir ses intérêts. Quand ils ne lui sont plus utiles, ils peuvent disposer. Antoine vient, à son tour, d'en faire l'expérience. On est loin du portrait de la jeune femme « tout à fait comme il faut » dont se rappelle le lieutenant Rousseau. Pierre voudrait l'amener à montrer son vrai visage. Cet après-midi a lieu leur rencontre hebdomadaire pour le suivi des dossiers de son service. Comment réagira-t-elle s'il lui fait savoir qu'il n'est pas dupe de son personnage ?

24

Le visage d'Émilie affiche son manque d'enthousiasme pour ce face-à-face avec Pierre. Il fait mine de ne pas remarquer son air pincé.

— On m'a parlé de vous récemment, lance-t-il, dès qu'elle est installée en face de lui.

Si l'entrée en matière la surprend, elle n'en montre rien.

— Ah oui ? Qui donc ?

Sa question est posée sur le ton de la conversation. Occupée à extirper une fiche de ses dossiers, elle ne lève même pas la tête. Pierre s'attendait à de la surprise, voire de la méfiance. La sérénité de la jeune femme le déstabilise.

— Mme Taillandier, de Run Intérim.

Cette fois-ci, Émilie abandonne son dossier.

— Comment va-t-elle ? s'enquiert-elle poliment. J'ai travaillé avec elle avant d'être embauchée ici.

— Elle a été élogieuse sur votre travail de l'époque. Elle m'a parlé de votre ascension rapide, de votre curiosité, de votre ténacité. Vous avez su saisir les opportunités, comme remplacer cette collègue, du jour au lendemain, après son accident. Votre départ a attristé Mme Taillandier, mais vous teniez tellement à venir travailler chez Baron Constructions qu'elle n'a rien pu y faire apparemment.

Émilie l'écoute, impassible. Je dois vraiment l'intéresser pour qu'il se rappelle d'autant de détails, pense-t-elle.

— Je vous avoue que je me suis demandé ce qui vous avait autant attirée chez nous ? poursuit Pierre, devant son absence de réaction.

Cette dernière question provoque une contraction de la commissure de ses lèvres.

— Vous avez l'intention de faire passer un nouvel entretien d'embauche à tout le monde, maintenant que vous êtes *presque* le patron ? l'interroge-t-elle en retour, avec un sourire narquois.

Son sens de la repartie traduit une vivacité d'esprit qu'en général Pierre apprécie chez ses interlocuteurs. L'allusion à sa nomination à la direction générale, qui n'est pas encore officielle, ne manque pas d'audace. Et ce « presque », sciemment accentué. Elle le défie. Ils se jaugent, s'avouant pour la première fois, en silence, leur antipathie réciproque. Une antipathie guidée par un instinct animal, leur dictant de se méfier l'un de l'autre.

— En tant que *presque* futur patron, il est naturel que je m'intéresse au parcours de mes *presque* futurs collaborateurs. Mais vous ne me répondez pas, rétorque-t-il.

Une lueur s'allume dans les yeux dorés d'Émilie. La partie a démarré. Il se croit plus malin que tout le monde, mais il ignore à qui il a affaire, se dit-elle.

En une fraction de seconde, elle se compose un air embarrassé et baisse les yeux.

— J'ai été forcée à partir, même si tout se passait bien chez Run Intérim, parce que…

Un silence ponctue ce début d'aveu, comme s'il lui coûtait de partager ce qu'elle s'apprête à révéler.

— Mme Taillandier est tombée amoureuse de moi, lâche-t-elle enfin, en fixant Pierre du regard de celle qui a décidé de jouer cartes sur table.

Sa jupe grise, mal coupée, dévoile une partie d'un mollet fuselé lorsqu'elle croise les jambes en se calant contre le dossier de sa chaise. Elle évalue l'effet de sa phrase. La stupéfaction qui se lit sur le visage de Pierre la réjouit. Tu ne t'y attendais pas, à celle-là.

C'est du lard ou du cochon ? se demande Pierre, ébranlé par l'aplomb d'Émilie. L'hésitation est dosée avec justesse et apporte de la sincérité à l'annonce.

— Vous comprenez bien que c'était délicat de rester dans ces conditions. J'appréciais mon travail à l'agence mais la situation était ingérable, je ne pouvais pas répondre à ses avances et cela la faisait souffrir. Je vous demande d'être discret, Mme Taillandier est une personne remarquable et je ne voudrais pas que cet épisode lui porte préjudice.

Pierre se ressaisit. Mme Taillandier n'a rien d'une pauvre désespérée qui s'amourache d'une de ses subalternes, j'en mettrais ma main à couper. Elle ment. Avec maestria, certes, mais elle ment.

Consciente des réflexions qui plissent le front du quinquagénaire, Émilie ouvre un classeur et tente de réorienter la conversation vers l'objet de leur rencontre.

— Si vous êtes prêt à démarrer, je vous ai apporté le dossier pour la réhabilitation des écoles de la ville de Le Port.

Elle n'espère tout de même pas se débarrasser de moi aussi facilement, pense Pierre, vexé d'être pris pour un imbécile.

— Je comprends mieux pourquoi vous avez rompu tout lien avec elle, l'interrompt-il. Elle se plaignait que vous n'ayez pas donné suite à ses relances pour vous revoir après votre départ. Selon elle, elle ne voulait que rester en contact avec une orpheline dont le parcours l'avait émue. J'ai été désolé d'apprendre que vous aviez perdu vos parents, d'ailleurs. Vous aviez quel âge quand c'est arrivé ?

— J'étais adolescente.

La brièveté de la réponse marque la volonté de la jeune femme de ne pas s'appesantir sur le sujet. Ignorant sa réticence, Pierre enchaîne.

— Quelle tristesse ! s'exclame-t-il. Ils étaient originaires de La Réunion ? Je vous demande ça parce que vous ressemblez énormément à une de mes anciennes élèves, Coralie. Je n'ai plus son nom en tête. C'est peut-être une de vos cousines ?

L'assaut des questions désarçonne Émilie. Elle réprime des signes d'agacement. La tournure que prend cet entretien la contrarie.

— Je n'ai pas de cousine qui s'appelle Coralie et je n'ai pas non plus pour habitude d'étaler ma vie privée sur mon lieu de travail, réplique-t-elle, glaciale.

— Je ne voulais pas être indiscret. Je suis trop curieux, on me le reproche souvent. J'aime connaître mes collaborateurs.

Tu parles, fulmine Émilie, tu n'es qu'un sale fouille-merde. Ce n'est pas le moment qu'on s'intéresse à elle. Moins de deux jours avant son départ. Dimanche matin, un avion l'emmène loin de La Réunion. Tout s'est déroulé à la perfection jusqu'à présent. Elle ne le laissera pas tout gâcher. Comment détourner son attention ? Moins elle en dira à Pierre Martène, plus il sera inquisiteur. Gagner du temps. Endormir sa méfiance.

— Je suis désolée, s'excuse-t-elle, soudain plus engageante. Je suis sur la défensive. D'avoir dû me débrouiller seule, très jeune, m'a rendue méfiante. C'est devenu un réflexe de rembarrer les gens.

Les règles du jeu changent, constate Pierre, qui n'est pas dupe de la stratégie destinée à l'amadouer. Très bien. Je m'adapte.

Les coudes posés sur le bureau, il croise les mains sous son menton avant de s'adresser à elle.

— C'est bien que vous en soyez consciente. C'est la principale critique de vos collègues à votre encontre. Ça risque de devenir un problème si vous devez prendre de nouvelles responsabilités chez Baron Constructions. On a besoin de cadres compétents, avec la mort de François et le départ prochain d'Antoine.

Une inspiration soudaine le décide à ramener Émilie vers le terrain glissant dont elle voulait s'écarter.

— Je l'ai vu ce matin, à ce propos. Le pauvre garçon n'est pas au mieux de sa forme, mais vous le savez déjà…

La phrase reste en suspens. Le cœur et les pensées d'Émilie s'emballent. Garder le contrôle des deux. De quoi est-il au courant ? De sa relation avec Antoine ? Seulement qu'ils se sont parlé depuis la fin de la garde à vue ? Bluff ? Il faut se décider.

Il bluffe.

— Pourquoi je saurais comment il se porte ? feint-elle de s'étonner.

— Parce qu'Antoine et vous avez eu une conversation hier soir, lors de laquelle vous avez rompu avec lui, énonce Pierre, la plaçant ainsi au pied du mur.

Elle n'a pas vu venir le coup, convaincue qu'Antoine avait trop à perdre à révéler leur liaison. Comment se sortir de cette ornière ? Médusé, Pierre la voit fondre soudainement en larmes. Aucun homme ne résiste à la détresse d'une femme, parie-t-elle.

— Ressaisissez-vous, Émilie, lui enjoint son interlocuteur en lui tendant un paquet de mouchoirs extrait du tiroir.

Munie d'un des Kleenex, elle tamponne ses yeux et commence sa confession, avec un air contrit de circonstance.

— J'ai honte, si vous saviez. Vous devez penser que je suis une traînée.

Rendu perplexe par ces simagrées, Pierre attend la suite.

— Je suis tombée éperdument amoureuse d'Antoine dès mon arrivée ici et j'ai fini par succomber malgré le fait qu'il soit marié. Pourtant, je vous jure que c'est contre tous mes principes.

Servie par son personnage de jeune fille sage, Émilie pourrait être convaincante. Elle retire ses lunettes aux verres trop grands avant de baisser la tête dans une attitude de repentance. La jolie métisse confie à Pierre comment elle s'est laissé séduire par Antoine et sa culpabilité que cette situation perdure. « Je suis soulagée d'avoir enfin eu le courage de le quitter. » Elle ne peut pas cautionner les méfaits de son amant, malgré son amour. Envolée la jeune femme sûre d'elle et agressive. Une Émilie touchante de fragilité l'a remplacée. On dirait qu'elle croit à ce qu'elle raconte, observe Pierre. Cette fille est complètement dérangée. Elle passe d'une personnalité à son contraire avec une aisance déconcertante.

Qu'est-ce qui a pu la transformer en cette virtuose de la mystification, capable de se sortir de n'importe quelle impasse ?

Je ne suis pas de taille, conclut Pierre. Continuer dans la provocation peut même s'avérer dangereux. Ces réflexions amènent le quinquagénaire à faire prudemment marche arrière.

— Je suis heureux que nous ayons pu nous expliquer franchement, Émilie. Nous sommes vendredi et il est tard. Je vous propose qu'on en reste là pour aujourd'hui. On parlera des chantiers des écoles lundi matin.

Le recul de son adversaire n'échappe pas à la jeune femme. Il a peur de moi, se réjouit-elle. Et il a raison.

— J'ai commis une faute et j'en assumerai les conséquences, dit-elle en se levant. Si Mme Baron ne souhaite pas que je reste chez Baron Constructions, je comprendrai évidemment sa décision.

Elle remet ses lunettes avec un air digne.

— Nous n'en sommes pas là, on discutera de tout ça la semaine prochaine.

— Comme vous voudrez, monsieur Martène. Bon week-end.

Elle récupère les dossiers et les plaque contre sa poitrine.

Il ne m'a pas crue, songe-t-elle en s'éloignant sur la coursive. Il faudra que je m'occupe aussi de son cas, je ne peux pas prendre le risque qu'il m'empêche de partir.

25

Engluée dans un cauchemar, compagnon de son sommeil depuis plus de quinze ans, Émilie gémit doucement. Les visions d'horreur de la soirée qui a vu sa mère s'éteindre l'assaillent.

Une soirée ordinaire qui avait débuté comme beaucoup d'autres. Émilie avait onze ans. La nuit tombée, elle était remontée du square avec ses sœurs. Des éclats familiers, venant de l'appartement, leur étaient parvenus dès le palier. La voix de sa mère était traînante. Elle avait trop bu. Là non plus, rien d'inhabituel. Les fillettes passèrent le seuil et l'ogre, vociférant, les somma de disparaître dès qu'il les aperçut. L'aînée saisit les mains des plus petites et battit en retraite dans la salle de bains, au fond du couloir. Maman allait être punie. Maman crierait. Vite. Ouvrir les robinets. Le bruit de l'eau ne couvrait pas les plaintes. Ni ses sœurs qui barbotaient et chahutaient comme si de rien n'était. Les sons, qui arrivaient de la cuisine, constituaient leur quotidien. Debout devant la baignoire, à l'affût, Émilie fut envahie par l'angoisse. Pressentait-elle que ce soir-là n'était pas tout à fait semblable aux autres ? Des hurlements. Il semblait taper plus fort. Que faire ? Émilie hésita. Que pouvait-elle contre son beau-père, un gaillard d'un mètre quatre-vingts ? Rien. La nuit, lorsqu'il la rejoignait dans son lit pour lui faire des choses dégoûtantes, elle n'arrivait même pas à bouger tant son poids l'écrasait. Là-bas, les coups continuaient de pleuvoir. Et puis, le silence. Un silence assourdissant qui figea les petites, accroupies dans l'eau du bain. « Chut », leur intima Émilie, un doigt sur la bouche avant de s'aventurer hors de leur refuge. Dans la cuisine, elle vit l'ogre en train de secouer sa mère, inanimée. Il se leva et marcha vers elle. « Elle dort, tu la laisses tranquille et tu ne dis rien à personne, sinon, je vous tue, tes sœurs et toi ! » Il se saisit d'un sac à dos, dans l'entrée, et s'enfuit. Un courant d'air frais pénétra par la porte, grande ouverte. Émilie s'agenouilla près de sa mère. Il lui arrivait de dormir ainsi, à même le sol, assommée par l'alcool ou par les coups de son conjoint. Ou par les deux. Avant d'aller sécher ses sœurs, Émilie la protégea avec une couverture trouvée sur le canapé. Ensuite, elle coucha ses sœurs, qui dînèrent d'un paquet de chips, et finit par s'endormir. Le lendemain, la forme allongée était toujours au même endroit. La seule différence, c'est qu'elle était glacée et raide.

Le souvenir de cette peau froide contre la sienne sort Émilie de son rêve. Haletante, en sueur, elle tâtonne dans la direction de la table de chevet, à la recherche de son téléphone. L'écran affiche 3 h 30 du matin. Sa nuit est perdue. Elle ne se rendormira plus. Dans la pénombre, elle attend l'aube.

Est-ce que la maman d'Émilie était déjà morte en début de soirée ? Aurait-on pu la sauver si elle n'avait pas obéi à son beau-père ? Ces interrogations n'avaient jamais abandonné l'enfant. Sa culpabilité de s'être fait la complice de l'assassin de sa mère se transforma en une haine de l'ogre qui la remplit. Le tuer de ses mains devint son obsession. L'arrivée des Gereven dans la vie de l'adolescente marqua une pause de quelques mois dans ses desseins de vengeance. Sa colère s'apaisa. Elle entrevit d'autres buts à son existence que des représailles. Mais la mort de ses parents adoptifs donna le départ à une autre déferlante. Sa rage grandissant avec elle, son projet d'éliminer son beau-père, seul, ne lui parut plus en mesure d'assouvir sa soif de revanche. Tous ceux qui avaient joué un rôle dans la fin horrible de sa mère paieraient.

Patience et détermination devinrent les alliées de la jeune fille. La vengeance est un plat qui se mange froid, paraît-il. Loin de l'éloigner de ses plans meurtriers, le temps avait nourri sa résolution. Son beau-père ayant alourdi sa peine de prison initiale en tabassant un de ses codétenus, elle ne pouvait l'atteindre pour le moment. Après treize ans de préparation, elle avait atterri à La Réunion, prête à passer à l'action.

Depuis quelques minutes, le volet roulant filtre une lumière grise qui baigne la pièce d'une clarté timide. Lève-toi, se dit-elle, la journée va être longue. Le miroir de la salle de bains lui renvoie l'image de ses yeux cernés. Le tressautement, qui agite régulièrement sa paupière droite, reprend. Entre ses cauchemars et l'excitation liée à l'approche de l'ultime étape de son plan, elle n'a pas beaucoup dormi ces derniers jours. Dans un peu plus de vingt-quatre heures, elle volera vers Paris pour l'apothéose. En finir avec le salopard qui a battu sa mère à mort. Savourer son effroi quand il prendra conscience qu'il va mourir. La plus âgée de ses demi-sœurs a informé Émilie qu'il était sorti de prison depuis peu. Son heure a sonné.

Mais avant, elle doit s'occuper de Pierre Martène. Il menace de compromettre ces projets. Il est sur la bonne voie avec ses questions insidieuses sur ses parents et ses origines. Combien de temps lui faudra-t-il pour découvrir ce qui la relie à Yves Baron. Si ce n'est déjà fait. S'il alerte les gendarmes, elle ne pourra pas rentrer en métropole et ce n'est pas envisageable. Elle lui réglera son compte dès aujourd'hui. Un imprévu qui chamboule son organisation jusqu'à son départ. Elle ne rejoindra Saint-Denis qu'après en avoir fini avec lui, selon un scénario qu'elle espère mettre à exécution dans le courant de la soirée. D'ici là, il faut guetter sa proie.

Après une douche rapide, elle revêt un short en jean, un T-shirt et une paire de baskets. Elle termine en coiffant ses cheveux en un chignon bas. Une tenue adaptée à son programme. D'abord, se rendre chez un loueur de voitures à la sortie de L'Étang-Salé. Repartir avec le véhicule loué, dans lequel elle quittera la ville cette nuit pour se rapprocher de l'aéroport. Le garer près du Gouffre, à environ deux kilomètres, à la sortie de la ville. Ensuite, parcourir à pied, par le sentier du littoral, la distance pour récupérer sa propre voiture. À partir de là, épier les moindres faits et gestes de Pierre, jusqu'au bon moment pour agir. Il est assez tôt pour qu'elle arrive chez lui avant qu'il ne soit réveillé. Habituée à parvenir à ses fins, Émilie n'envisage pas l'échec de son expédition.

Elle met la dernière touche à la préparation du bagage qu'elle emportera. Des vêtements chauds pour affronter l'hiver métropolitain et le matériel nécessaire à son changement d'apparence. Elle devra ressembler à la photo figurant sur ses faux papiers. Cette carte d'identité achetée à un faussaire à Paris est un bon investissement. Méthodiquement, elle vérifie, une dernière fois, le contenu de son sac. Papiers. Argent. Des espèces pour ne plus rien régler avec sa carte bancaire à partir de maintenant. Revolver. Corde. Ruban adhésif. Tout est à sa place.

Devant la porte d'entrée, encore fermée, elle jette un regard circulaire sur l'appartement qu'elle quitte avant de tourner les talons. L'épisode réunionnais sera bientôt derrière elle. En marche vers le bouquet final, se dit-elle.

26

— Que se passe-t-il ? demande Carole, alertée par l'expression soucieuse de Pierre, quand il raccroche.

— C'était le lieutenant Rousseau, ils ont retrouvé la trace d'Isabelle Baredile.

— Elle est revenue à La Réunion ?

Il reprend sa place à la table de la terrasse où ils se sont installés, en ce début de soirée.

— Elle est morte, annonce-t-il.

— Morte ?

— Violences conjugales. Elle a été tuée par son compagnon lors d'une dispute, il y a dix-sept ans.

— Quelle horreur !

— Et tiens-toi bien, le couple avait trois enfants. Des filles. Devine quel est le prénom de l'aînée…

— Émilie !

Pierre s'apprête à acquiescer mais s'interrompt, intrigué par la stupeur qui s'est peinte sur le visage de Carole en une fraction de seconde. Muette, la bouche entrouverte, elle fixe un point dans le dos de son ami. Pierre se retourne et aperçoit Émilie qui arrive de l'arrière de la maison. Elle s'avance vers eux sans précipitation, comme si elle les rejoignait pour l'apéritif. Il amorce un mouvement pour se lever, mais Carole le retient.

— Ne bouge pas, elle est armée.

Émilie n'est plus qu'à quelques pas. Elle pointe son revolver dans leur direction.

— Je vous conseille d'écouter votre amie, tenez-vous tranquille ou je serai obligée de vous descendre tout de suite.

L'arme paraît énorme au bout de son bras effilé, mais elle la tient d'une main ferme.

— Qu'est-ce que vous faites, Émilie ?

Le cœur de Pierre bat la mesure.

— Ça ne se voit pas ? Je viens prendre un verre, monsieur Martène.

Un rire bref ponctue sa repartie. Affectant d'être préoccupée, elle s'adresse à Carole :

— On entre chez vous comme dans un moulin, madame Baron, vous devriez vous méfier. Vous vivez seule et les gens malveillants ne manquent pas.

La phrase sonne comme une menace. Le sang de Carole se glace. Émilie inspecte rapidement la table et évalue ce qui se trouve à proximité pouvant se transformer en arme improvisée. Elle braque Pierre mais continue à parler à Carole.

— Poussez les verres au centre de la table, le téléphone, là… d'un signe de tête, elle désigne l'iPhone que Pierre a posé devant lui en se rasseyant.

Proche de la panique, la quinquagénaire s'exécute.

— Et le vôtre ? Il est où ? Je veux le voir aussi.

— À l'intérieur, balbutie Carole, je ne l'ai pas avec moi.

Émilie s'éloigne d'un pas et les menace tous les deux.

— Videz vos poches.

Pierre sort son portefeuille tandis que Carole soulève le bas de sa tunique pour montrer que son pantalon de toile fine ne cache rien.

— Mettons-nous à l'abri des regards indiscrets, fait-elle en désignant du menton l'ombre de la varangue.

Ses prisonniers s'exécutent.

— Encore que, ajoute Émilie en jetant un bref regard autour d'elle, personne ne pourra être témoin de notre conversation. L'avantage des maisons de riches, c'est qu'on n'est pas gêné par les voisins.

Lorsqu'ils sont à couvert, Émilie fouille d'une main dans son sac, qu'elle porte en bandoulière, et en retire un rouleau d'adhésif d'emballage. Elle le tend à Carole.

— À vous de jouer, dit-elle. Attachez-le.

Carole s'empare du scotch. Pierre lui présente ses bras. Émilie réagit aussitôt.

— Vous me prenez pour une courge ? Les mains dans le dos.

L'opération prend plusieurs minutes tant Carole tremble, mais Pierre finit par se retrouver entravé, dans un fauteuil. Cette mauvaise posture ne paraît pas l'affoler, il est conscient que son salut dépend de sa capacité à garder son sang-froid. Il fixe Émilie avec méfiance, comme on jauge un animal sauvage.

— Asseyez-vous ici, dit-elle en montrant à Carole le siège face à Pierre.

Elle se positionne de manière à avoir Carole en joue.

— Et maintenant, qu'est-ce qui va se passer ? interroge Pierre.

— On va bavarder gentiment. Vous vous intéressez beaucoup à moi, monsieur Martène, et je n'aime pas ça. Vous savez qui je suis.

Une affirmation plus qu'une question. Pierre garde le silence.

— Vous étiez plus bavard hier, ironise-t-elle. On va arrêter de jouer. Tu me racontes ce que savent les flics, sinon...

Elle mime un coup asséné à Carole, qui esquisse un geste de protection instinctif. Sa réaction déclenche l'hilarité d'Émilie.

— Je t'ai fait peur ? Tu comprends ce que ça fait d'avoir la trouille au ventre ? ricane-t-elle. Moi, tu vois, j'ai passé toute mon enfance à redouter les coups à cause de ton salopard de mari. Pendant que princesse Anaïs se faisait chouchouter sur sa jolie île, pour moi c'était des châtaignes et le viol dans une cité sordide. J'aurais pu finir comme ma maman. Ma pauvre maman, trop gentille, trop soumise pour en vouloir à ceux qui avaient organisé son exil et sa mort. Elle était seulement triste que mon gros lard de géniteur l'ait laissée tomber avec son bébé. Tu saisis mieux pourquoi je voulais sa peau, à ton Baron ? Qui la vengera si je ne le fais pas ?

Ces confidences inquiètent Pierre. Émilie ne se contrôle plus. Que va-t-il advenir d'eux entre les mains d'une détraquée ?

— Alors ? Tu te décides ? Je n'ai pas toute la nuit ! crie-t-elle.

Ses paroles sont ponctuées d'un coup de crosse, aussi violent qu'inattendu, porté à la tête de Carole. Surprise par la soudaineté de l'attaque, cette dernière n'a pas le réflexe de se protéger. Un filet de sang s'échappe de son arcade sourcilière et s'écoule le long de sa tempe.

— Non ! s'écrie Pierre.

Un sourire cruel déforme les lèvres d'Émilie.

— Tu vois à quoi tu me contrains ! déclare-t-elle, doucereuse. Allez, je t'écoute...

Pierre obéit. Elle est identifiée comme la fille de François et Isabelle. Ils la suspectent d'avoir tué Yves pour venger sa mère mais n'ont aucune preuve. Ils veulent seulement l'interroger. Le front d'Émilie se plisse. Le puzzle est reconstitué. Les gendarmes se présenteront chez elle demain matin. Porte close. Pendant qu'ils la rechercheront dans toute l'île, elle quittera La Réunion sous une fausse identité. Elle garde une longueur d'avance. Le tournage du scénario qu'elle a écrit, avec son beau-père en rôle principal, se terminera comme elle l'a prévu. En attendant, elle doit se débarrasser de ces deux acteurs qui ne font pas partie de son casting initial.

— Bravo, monsieur le détective, le nargue-t-elle lorsque Pierre se tait. Tu as découvert la méchante meurtrière. Malheureusement, ce sera ta dernière enquête. Tu vas quitter ce monde en compagnie de ton inséparable amie, je vous ai prévu une plongée de nuit, au Gouffre. Ça va vous plaire, j'en suis sûre.

Pierre ignore comment Carole et lui vont se sortir de cette mauvaise passe. Il cherche à gagner du temps.

— Puisque vous semblez décidée à en finir avec nous, vous pouvez satisfaire ma curiosité. Les feuilles de laurier sont amères, comment avez-vous convaincu Yves d'avaler ce poison ?

— Je vois que tu t'es renseigné sur le sujet, apprécie-t-elle, rien de plus simple en fait...

Le soir de la réception, elle avait proposé à son patron une tisane contre les maux d'estomac. « Comme vous vous plaignez souvent de vos douleurs, je vous ai apporté un remède de ma grand-mère. Son goût est détestable mais elle est d'une efficacité redoutable », avait-elle prétendu. Sans se méfier, il avait avalé le contenu de la petite fiole devant elle, touché par cette marque d'attention de la part de son employée. Émilie avait récupéré le flacon et était rentrée chez elle peu après, triomphante.

L'évocation des derniers instants de son époux fait sangloter Carole.

— Arrête de pleurer, lui intime Émilie, tu es ridicule. Je t'ai rendu service en te débarrassant de cette ordure.

Pierre intervient de nouveau, dans le but de détourner son attention de son amie :

— Émilie, vous pouvez encore arrêter tout ça... avec ce que vous semblez avoir vécu, n'importe quel jury vous reconnaîtra des circonstances atténuantes pour le meurtre d'Yves Baron, mais si vous nous tuez... trois homicides, vous ne sortirez plus jamais de prison.

Émilie éclate d'un rire terrifiant.

— Quel naïf tu fais. Tu n'as pas les bons comptes, j'ai déjà plus d'un macchabée à mon actif. Il y a eu ma chère grand-mère avant mon patron.

Exaltée par son récit meurtrier, Émilie raconte à ses prisonniers comment elle a mis le feu à la case de sa grand-mère après l'avoir laissée enivrée avec une cigarette à la main dans sa modeste case. Un meurtre passé pour une mort accidentelle que les journaux avaient déplorée quelques mois auparavant.

— Je n'ai pas eu le loisir de m'occuper de mon « père », regrette-t-elle, cette loque a eu la bonne idée de se suicider. Le prochain, « last but not least », ce sera mon beau-père. Son sort sera réglé dès mon retour en métropole, demain. Après, j'en aurai fini avec tous ceux qui ont détruit ma vie et je me fous de ce qui m'arrivera ensuite. Donc, tu vois, deux cadavres de plus...

Sa moue en dit long sur le peu d'intérêt qu'elle accorde à leurs vies. C'est une psychopathe, frémit Carole, parcourue par une onde d'horreur. Pierre est ligoté, leur salut ne dépend que d'elle. Continuer à subir ou répliquer ? Embarquée dans son énumération macabre, Émilie a relâché sa vigilance. C'est maintenant ou jamais, décide Carole. Dans un mouvement dicté par son instinct de survie, elle se saisit de la tête de Bouddha en terre cuite, posée non loin du fauteuil où elle est assise. L'objet est lourd mais une rage inconnue l'aide à le soulever pour le fracasser contre la tête d'Émilie. Moins grande que la métisse, elle ne réussit qu'à atteindre le haut de son dos. Déséquilibrée, la jeune femme tombe lourdement contre un accoudoir. Son arme lui échappe et glisse sur le sol dallé. Dans un état second, Carole la récupère et la braque vers Émilie. Elle se concentre pour affermir son étreinte autour de la crosse.

— Éloignez-vous de Pierre ou je vous troue la peau.

Émilie fait un pas en arrière vers la terrasse. Sa lèvre inférieure saigne. Comme un animal traqué, elle amorce un mouvement de fuite.

— Ne bougez plus ! ordonne Carole, d'une voix qu'elle aurait souhaité plus autoritaire.

L'absence d'assurance de son adversaire n'échappe pas à Émilie. Elle renonce à un corps à corps pour la désarmer. Entreprise qui a des chances de se solder par une blessure plus sévère pour elle, coupant ainsi court à la poursuite de ses projets meurtriers. Elle mise sur le manque de réactivité de Carole et s'écarte, d'un bond de félin pourchassé. Les ombres du jardin l'engloutissent en une seconde.

Carole s'agenouille, ses jambes l'abandonnent. Elle dépose le revolver avec précaution, comme s'il s'agissait d'une bombe. Le sang cogne contre ses tempes et dans sa blessure, qui la fait souffrir.

« C'est terminé, tout va bien », la rassure Pierre, sentant qu'elle s'enfonce dans un état de choc. « Il faut qu'on prévienne le lieutenant, viens me détacher. » Dans un effort surhumain, Carole se redresse et délivre Pierre, avant de sombrer dans l'inconscience.

27

Émilie a dissimulé sa Twingo dans un chemin de terre, raviné par les pluies et envahi par de la canne fourragère, à un kilomètre en dessous de la résidence des Baron. Elle franchit cette distance en à peine cinq minutes. Sans reprendre son souffle, elle monte dans la petite automobile et démarre. La marche arrière, compliquée à cause de l'obscurité et des hautes herbes, la fait pester. Elle n'était pas supposée repartir avec cette voiture. Si tout s'était passé comme elle l'avait prévu, c'est avec le véhicule de Carole qu'elle aurait dû se rendre au gouffre de L'Étang-Salé, accompagnée de ses futures victimes. Une fois sur place, elle devait les tuer et se débarrasser de leurs corps en les jetant à la mer.

La vieille Renault atteint la route et file vers le littoral.

« Cette conne a tout foutu en l'air », s'emporte la jeune femme en assénant un violent coup de poing sur le volant. Encore adapter ses plans. Comment ? « J'aurais dû la buter tout de suite ! » Ne pas se faire attraper. Tenir jusqu'au lendemain matin. Jusqu'au vol. « Je me suis fait avoir par une ménagère », fulmine-t-elle.

Se calmer. Garder la tête froide. Les gendarmes seront à sa poursuite dans peu de temps. Une course contre la montre s'engage. Commencer par récupérer la voiture de location près du Gouffre. Se mettre à l'abri à Saint-Denis. Elle peut y être dans quarante-cinq minutes. Une heure, au maximum. Tout n'est pas perdu.

La pression redescend. Elle a commis une erreur d'appréciation en sous estimant Carole Baron. Erreur qui aurait pu faire échouer sa vengeance. Elle doit en tirer les leçons et rebondir, comme la vie le lui a enseigné.

Des phares apparaissent dans le rétroviseur. Elle jure entre ses dents avant de se raisonner. Ne t'affole pas, il est encore trop tôt pour qu'on te poursuive. Elle tourne à droite. L'autre véhicule file tout droit. Elle respire et décide de ne pas rester sur la départementale pour atteindre la côte. Les gendarmes et les secours l'emprunteront pour rejoindre la villa des Baron dans le délai de plus court possible. Elle s'oblige à rouler à faible allure pour éviter de se faire repérer, même si cela signifie perdre de précieuses minutes.

Elle a repris le contrôle et évalue ses chances de réussir à quitter l'île sans encombre. Rien de ce que les gendarmes trouveront dans son appartement ne les renseignera sur son départ. Les volets de l'appartement sont ouverts, comme lorsqu'elle s'absente pour la journée. Ses affaires de toilette encombrent le pourtour du lavabo. Ses vêtements sont suspendus dans la penderie. L'ordinateur ne contient aucune trace de sa réservation de billet.

« Merde ! » hurle-t-elle en se rappelant avoir prévenu Pierre et Carole de son retour en métropole. Une seconde bévue. Irrattrapable, cette fois. Les forces de l'ordre l'attendront à l'aéroport. Non, décide-t-elle, reprise d'espoir. Dans quelques heures, les militaires, lancés sur ses traces, repéreront sa guimbarde près du Gouffre. Donnée qui devrait les amener à conclure à son suicide. C'est le site de prédilection des candidats à une fin prématurée. Elle imagine les commentaires des journaux. « Acculée, après sa tentative avortée pour éliminer les deux personnes qui l'ont démasquée, la dangereuse meurtrière décide d'en finir. » Même Pierre Martène devra se rendre à cette évidence.

Le Gouffre. L'étroit corridor, noir et rocheux, dans lequel se précipitent les vagues, ne laisse aucune chance aux désespérés qui viennent lui confier leur lassitude de l'existence. L'océan garde parfois les corps des malheureux venus s'en remettre à lui. Les enquêteurs ne s'inquiéteront donc pas de ne pas repêcher son cadavre.

Elle arrive au parking où est garée la Peugeot 208, louée le matin. Une seule autre voiture en vue. Probablement celle d'un pêcheur qui tente sa chance sur les rochers, plus loin sur le sentier du littoral. L'endroit, prisé des pique-niqueurs le jour, est désert durant la nuit. Émilie ne descend pas de la Twingo immédiatement, le temps de vérifier que le second véhicule est bien sans occupant. Rassurée, elle se dirige vers le coffre pour récupérer ses affaires. Une fois son bagage en main, elle verrouille la portière côté conducteur. « Quelle idiote », murmure-t-elle, prenant conscience de ce geste accompli par automatisme. Est-ce qu'on se soucie de fermer sa voiture quand on va se tuer ? Elle remet les clés sur le contact. Une fois son sac délesté de ses papiers et de son argent, elle le place en évidence sur le siège passager. Voilà, c'est plus crédible, juge-t-elle avec satisfaction.

L'attaque de Carole Baron l'a déstabilisée mais elle retrouve ses bons réflexes. Elle doit reprendre le contrôle des événements. Au volant de la 208, Émilie prend la direction de la quatre voies. Tendue, l'œil rivé, tantôt au compteur de vitesse, tantôt au rétroviseur, elle parcourt les soixante-dix kilomètres qui la séparent du centre de Saint-Denis. Moins de quarante-cinq minutes plus tard, elle s'arrête devant un hôtel miteux de la capitale, repéré dans les pages jaunes. Avant de se présenter à la réception, elle escamote ses cheveux sous un foulard. Autant que personne ne les voie longs, puisque tout à l'heure ils seront sacrifiés à la nécessité de modifier son allure. On ne doit pas s'interroger sur ce changement de coiffure intervenant durant la nuit. À l'aide d'une lingette, elle essuie sa lèvre ensanglantée. Un coup d'œil au miroir de courtoisie la rassure. Elle est présentable pour le genre d'établissement où elle s'apprête à dormir.

Dans la rue, seul un homme bedonnant promène son chien en braillant au téléphone. Elle traverse pour rejoindre la devanture de l'Hôtel du Centre. Des vitres sales et des rideaux, à la couleur indéfinissable, dérobent le comptoir d'accueil à la vue des passants. La poignée, qu'elle touche avec dégoût, lui paraît aussi repoussante que le reste de l'établissement. Pas d'employé pour l'accueillir. Pas de sonnette pour signaler sa présence. Elle patiente, absorbée par l'observation de la variété infinie de motifs, offerte par la peinture écaillée. Le carrelage n'est pas en meilleur état. La crasse incruste les fissures et les joints. Une piteuse reproduction des *Tournesols* de Van Gogh orne un des murs. Le peintre se tuerait une deuxième fois s'il voyait la copie de son œuvre dans ce lieu sordide. La poussière, qui s'est déposée sur la toile bon marché, donne au célèbre bouquet un aspect de fleurs séchées.

Un bruit de pas se fait entendre dans le corridor. L'homme maigre qui s'avance vers Émilie est raccord avec son hôtel. Un crâne chauve, à son sommet, et quelques cheveux gras, filasses, réunis en un improbable catogan. Des draps sales encombrent ses bras. Émilie est soulagée de constater qu'ils sont changés de temps en temps. « Bonsoir », lui lance-t-elle. Il fixe un point situé derrière elle en lui adressant un signe de la tête. Aucune expression ne trouble sa figure longue et émaciée.

— J'ai besoin d'une chambre pour la nuit...
— Quel heureux hasard. J'en ai au moins dix de libres, ironise l'individu.
— Une seule me suffira, merci
— C'est quarante euros, payables d'avance, en liquide de préférence, annonce-t-il.

Sans un mot, elle retire deux billets de vingt euros de son portefeuille. L'homme lâche son paquet de linge sale à ses pieds et, passant derrière son comptoir, saisit une des clés accrochées au tableau.

— La 2, rez-de-chaussée, deuxième porte à droite dans le couloir. La chambre doit être libérée demain, pour 11 heures.

Émilie acquiesce et tourne les talons. Elle ne compte pas s'éterniser.

La chambre, exiguë, est moins sale qu'elle ne le redoutait. Le lit occupe quasiment toute la pièce. On peut à peine circuler autour. Équipée du nécessaire pour couper et teindre ses cheveux, elle investit la minuscule salle de bains.

« Allez, au boulot », intime-t-elle à son reflet dans le miroir.

Positionnée au-dessus de la baignoire, elle s'attaque à ses mèches. Sous les coups de ciseaux, les frisottis sacrifiés viennent noircir l'émail blanc. Debout devant la glace, Émilie perfectionne ensuite sa coupe à l'aide d'une tondeuse.

Une crème qui promet une coloration en trente minutes viendra parachever sa transformation. En attendant que le produit agisse, la jeune femme ramasse le moindre cheveu et rassemble tout ce qu'elle a utilisé dans un sac en plastique. Elle l'abandonnera dans une poubelle sur le chemin vers l'aéroport.

L'opération terminée, elle évalue le résultat. Des cheveux ras d'une teinte cuivrée qui la rendent méconnaissable si on n'y regarde pas de trop près.

23 h 30. Il faut qu'elle dorme maintenant. Elle vérifie que la porte de la chambre est fermée à double tour et s'allonge. Sa dernière nuit à La Réunion.

28

Pierre tourne en rond pendant cinq minutes avant de dénicher une place près de l'aéroport Roland Garros. Il a emprunté la voiture de Carole, plus sûre que sa Mini, pour effectuer le trajet jusqu'à Saint-Denis. Déjà 9 h 30 du matin. Il a vérifié les horaires des vols pour Paris. Le premier de la journée décollera à 11 h 45, ce qui lui laisse peu de temps. Sur un coup de tête, il a décidé de vérifier qu'Émilie Gereven n'a pas mis en scène son suicide pour mieux s'enfuir au nez et à la barbe des gendarmes. Le lieutenant Rousseau n'a prêté qu'une oreille distraite à la théorie de Pierre sur un énième plan diabolique de la part de la jeune femme. Qu'espère-t-il de cette expédition ? Se prouver que son intuition, qui lui souffle qu'Émilie est toujours vivante, ne lui ment pas ?

Depuis l'appel du lieutenant, lui annonçant que le véhicule de la jeune femme a été retrouvé près du Gouffre, tôt le matin, sa conviction que les enquêteurs se trompent n'a cessé de se renforcer. Elle ne s'est pas tuée. Un tel scénario ne cadre pas avec ce que Pierre sait de sa personnalité. La voiture abandonnée n'est qu'un leurre. Toute la vie d'Émilie a tourné autour de son désir de vengeance. Elle ne renoncera pas si près du but. Elle tentera d'accomplir le crime qu'elle a programmé, envers et contre tout. La veille, à l'évocation de ce dernier meurtre, une détermination à toute épreuve se lisait dans ses yeux.

La conviction de Pierre est qu'elle se rapprochera de son ultime cible comme elle l'avait prévu. Pendant l'agression, elle avait parlé d'un retour en métropole « dès demain ». Est-ce qu'elle parlait d'un départ de l'île ou d'une arrivée en métropole « dès demain » ? La première option semble la plus vraisemblable à Pierre. Les longs courriers qui quittent l'île en soirée s'envolent entre 22 et 23 heures. Elle n'a donc pas pu embarquer la veille au soir. Tuer deux personnes – en l'occurrence, Carole et lui-même – et, dans la foulée, prendre un avion, à l'autre bout de l'île, est irréalisable même pour la hargneuse Émilie. La logique veut donc que son départ ait lieu dans les prochaines heures. Il n'y a pas d'autres possibilités, se persuade Pierre.

Sur le parking, le soleil écrase le quinquagénaire qui regrette aussitôt l'habitacle climatisé de la 3008. Dans les allées piétonnes, des centaines de voyageurs et leurs accompagnateurs déambulent. Les visages sont plus ou moins réjouis. Pour certains, l'heure des retrouvailles. Celle des au revoir pour d'autres. Tels des valets serviles, les valises colorées suivent leurs propriétaires. La chaleur et la foule donnent le tournis à Pierre. Contrecoup de sa nuit sans sommeil. Les nerfs à vif, après l'attaque que Carole et lui avaient subie, il n'a pas fermé l'œil. L'intervention des secours, pour soigner la blessure au cuir chevelu de son amie et les questions des gendarmes ont duré jusque tard dans la nuit. Contrairement à Carole, il a refusé d'avaler des calmants. Le petit matin l'a trouvé éveillé, l'esprit en ébullition. Un ou deux expressos supplémentaires lui seront nécessaires pour rester vigilant.

Pierre s'arrête devant l'entrée de l'aérogare. Les chauffeurs de taxi arpentent le trottoir dans l'attente de clients de plus en plus rares, face à la concurrence des navettes qui conduisent les passagers dans le centre-ville. Cette position lui offre un point de vue sur les flots de personnes qui entrent et sortent du bâtiment. Plus grande que la moyenne, Émilie sera repérable, même dans cette foule. Il emprunte la porte centrale pour accéder au hall. Nouvelle halte. L'aéroport n'est pas grand. Pierre balaie tout le rez-de-chaussée du regard. Son inspection terminée, il gravit les marches menant au premier étage. Un café. Il lui faut un café, d'urgence. Son gobelet en main, il descend s'installer à proximité des comptoirs d'enregistrement. En chemin, il achète *Le Quotidien*, au kiosque à journaux. Accrocheuse, la Une évoque la fortune colossale d'un élu local, sur lequel pèsent des soupçons d'enrichissement personnel illicite. Une information qui place au rang d'anecdote les combines d'Antoine. Tant mieux, songe Pierre, les journalistes auront autre chose que la famille Baron à se mettre sous la dent.

Une banquette vide, à proximité des comptoirs d'enregistrement, lui semble constituer un bon poste d'observation. Les passagers, pressés de se débarrasser de leurs bagages, piétinent entre les poteaux de guidage. Un troupeau passif, déjà résigné aux queues successives qui seront leur lot jusqu'à l'envol de leur appareil. Le siège en métal est inconfortable. Une contraction au niveau de son omoplate le fait grimacer lorsqu'il s'assied. Toutes les tensions de ces dernières semaines se sont conglomérées dans le haut de son dos. Son point faible face au stress. Pour se soulager, il se cale contre le dossier, tandis que le ballet des valises s'accentue autour de lui. En quelques minutes, les files d'attente s'allongent jusqu'à déborder des zones balisées. Pas de trace d'Émilie. L'enregistrement pour les deux longs courriers, programmés avant midi, commence tout juste. Malgré le café corsé qu'il vient d'avaler presque d'une traite, la fatigue fond de nouveau sur Pierre. Il s'étire. « Allez, on se secoue », s'encourage-t-il, avant de démarrer sa surveillance. Ses pensées se tournent vers la folie meurtrière d'Émilie Gereven. Le lieutenant Rousseau n'a pas encore réuni toutes les informations concernant l'enfance de la jeune femme, mais Pierre imagine quelles horreurs l'ont transformée en une psychopathe. Chez Carole, la jeune femme a fait allusion au climat de brutalité dans lequel elle a grandi. Une violence intrafamiliale qui avait atteint son paroxysme avec le décès d'Isabelle, sa mère. Une violence perpétrée de génération en génération, avec pour corollaire des individus au statut de victime ou de bourreau. Combien sortent de ce cercle vicieux ? se questionne Pierre. Combien sont capables de se positionner entre ces deux extrêmes ?

La démarche d'une jeune femme se faufilant parmi la foule attire son attention. La silhouette élancée et la stature lui rappellent Émilie. Elle se dirige vers les files d'attente menant aux comptoirs d'enregistrement. Il déplie son journal et l'étudie plus attentivement, à la dérobée. Elle porte un sac de voyage à l'épaule et un manteau long repose sur son bras replié. Vêtue d'un jean et d'un chemisier élégant, elle se déplace avec grâce.

Après un bref coup d'œil alentour, elle s'insère dans la file et se concentre sur son téléphone, offrant à Pierre un profil qui ne lui laisse aucun doute sur son identité. C'est bien elle, jubile-t-il, le cœur battant. Un vrai caméléon, constate-t-il. Une jeune femme classe et stylée s'est substituée à la jeune fille trop sage et à la furie de l'épisode de la veille. Je fais quoi maintenant ? se demande le quinquagénaire. Elle passera aux détecteurs dans quelques instants et n'est probablement pas armée. Malgré tout, connaissant son agilité et sa rapidité d'action, il ne veut pas prendre le risque de la confondre seul et de la laisser s'échapper. Qui prévenir ? Un agent de sécurité ? « Excusez-moi, il faut que vous arrêtiez cette personne qui a tenté de me tuer hier soir. » Qui le prendrait au sérieux avec de telles accusations ? Appeler le lieutenant Rousseau. Il est le seul susceptible de lui accorder du crédit. Pierre compose le numéro de l'officier, qui décroche après un temps qui lui paraît une éternité. Pour ne pas alerter les personnes assises à côté de lui, Pierre chuchote, malgré le bruit environnant.

— Lieutenant Rousseau ?
— Lui-même...
— Pierre Martène...
— Je vous ai dit que c'est moi qui vous contacterais quand j'aurais du nouveau, l'interrompt le gendarme avec humeur.
— Écoutez-moi, lui intime Pierre, en haussant le ton.

L'homme assis à sa droite abandonne la lecture de son magazine et le considère avec méfiance.

— Je suis à l'aéroport et j'ai Émilie Gereven devant moi, poursuit-il à voix plus basse, elle s'apprête à embarquer pour Paris.
— Qu'est-ce que vous racontez ? Cette fille vous obsède, ma parole ! Qu'est-ce que vous fabriquez à l'aéroport ? Je vous ai demandé de vous

tenir à l'écart de l'enquête. Ce qui s'est passé hier soir ne vous a pas servi de leçon ?

— Je vous l'ai dit ce matin, pour moi, le coup du suicide au Gouffre n'est qu'un stratagème pour mieux vous filer entre les pattes.

— Je n'ai pas négligé cette éventualité, figurez-vous. La PAF[1] dispose de son signalement. Si c'est bien elle, elle ne passera pas les contrôles.

Le « si » déplaît à Pierre. Il me prend pour un demeuré. Comment pourrait-il ne pas reconnaître le visage de celle qui l'a menacé d'un revolver ?

— C'est bien elle, affirme-t-il, faites-moi confiance. En revanche, je doute que vos collègues l'identifient.

— Pourquoi ça ? rugit le lieutenant.

— Parce qu'elle a changé d'apparence. Ses cheveux sont teints et coupés très court. Pour peu qu'elle se soit munie de faux papiers, avec sa nouvelle coiffure, elle passera entre les mailles de votre filet, sans aucun souci.

Et, toc ! Autrement dit, *heureusement* que je me suis mêlé de votre enquête, pense Pierre, heureux de lui rabattre enfin son caquet.

Le militaire se tait. Comme il a déjà pu le constater, l'abus de romans policiers décuple l'imagination de son interlocuteur. Cependant, l'hypothèse du recours à une fausse identité, bien que hasardeuse, n'est pas complètement à exclure. D'ailleurs, interrogées par un de ses hommes, les compagnies aériennes reliant la métropole avaient confirmé que le nom d'Émilie Gereven ne figurait pas sur leurs listes de passagers. Information qu'il avait, à tort, interprétée comme une preuve supplémentaire de la mort de

---
1. Police aux Frontières

la jeune femme. Cet amateur de Martène pourrait bien avoir raison. La meurtrière a failli les duper.

— Vous pouvez la photographier d'où vous êtes ? aboie-t-il, fâché d'être pris en défaut.

— Je pense que oui.

— Envoyez-moi un cliché dès que vous aurez raccroché. On s'occupe du reste. Je vous interdis de bouger une oreille, vous m'entendez. Elle voyage sur quelle compagnie ?

— Air Sud. Ses bagages seront bientôt enregistrés, dites-leur de ne pas intervenir avant qu'elle ait passé le premier contrôle. Elle se méfiera moins, ce sera plus facile de la cueillir.

Le lieutenant se retient de lui indiquer ce qu'il peut faire de ses conseils. Ce détective amateur lui tape sur les nerfs.

Pierre se redresse et s'évertue à prendre une photo d'Émilie tout en restant hors du champ de vision de la métisse, toujours absorbée par l'écran de son téléphone. L'opération est délicate. Elle est de trois quarts, mais un seul regard de côté et il est repéré.

Il regagne sa banquette et, de son smartphone, envoie le cliché au lieutenant Rousseau.

Quinze minutes plus tard, Émilie s'oriente vers la seconde file qui serpente jusqu'aux policiers chargés des vérifications d'identité. Pierre demeure à distance, noyé dans un flot de touristes, chargés comme des mulets.

« *Alea jacta est* », murmure-t-il, les yeux rivés sur le dos de la jeune femme qui s'éloigne. J'ai fait ma part, à eux de jouer, maintenant, se dit-il, avec le sentiment d'avoir accompli son devoir.

L'heure de vérité, songe Émilie en présentant ses documents au policier dans la cabine de verre. Sa main ne tremble pas, pourtant son rythme cardiaque s'est accéléré.

L'homme inspecte sa carte d'identité en silence. La vérification dure quelques secondes de plus que pour les autres voyageurs. Qu'est-ce qui se passe ? s'inquiète-t-elle intérieurement. Pourquoi s'attarde-t-il ainsi ?

Une alarme s'enclenche dans le cerveau de la fugitive.

— Bon voyage, mademoiselle, lâche-t-il enfin.

Elle déglutit. Pourvu que le soulagement ne se lise pas sur son visage.

Ses jambes sont fébriles. Un réflexe ancestral de fuite. Il faut rester calme. Son sac à main et son manteau sont emportés par le tapis roulant du scanner.

1, 2, 3, 4, 5, 6, 7... Est-ce normal, tous ces uniformes autour d'elle ?

Le portique ne proteste pas à son passage. La machine régurgite ses affaires. Deux agents marchent vers elle pendant qu'elle les récupère.

C'est fini, pressent-elle.

Le premier marque un arrêt. Le second l'aborde.

— Je vais vous demander de nous suivre, s'il vous plaît, mademoiselle.

La phrase est prononcée posément, pourtant sa main ne quitte pas la crosse de son arme.

Le piège s'est refermé sur elle.

Je n'ai aucune chance de leur échapper, constate Émilie.

Elle s'exécute et le trio se retire pour rejoindre les bureaux où va se dérouler son interrogatoire. Cette arrestation, si proche de son objectif, la contrarie. Mais ce n'est qu'un report, se rassure-t-elle. Son beau-père ne perd rien pour attendre, il va y passer. Il bénéficie d'un sursis, rien de plus. Un sursis qu'elle souhaite le plus court possible. Comment faire ? Simuler la folie. Les convaincre qu'elle est irresponsable. Internement, traitement, psychiatre et tout le toutim. Et hop ! Elle sera libre d'ici deux ou trois ans. Allez, quatre, peut-être. Un sourire étire ses lèvres.

Ce n'est qu'un petit écueil de plus, ma chérie, se réconforte-t-elle, tu en as vu d'autres, non ?

Remerciements

Mes remerciements et l'expression de ma gratitude :

à Philippe Vallée, président de l'association La Réunion des Livres, pour son conseil de confier la première ébauche de « Un seul être vous manque » à l'œil averti de l'auteur Jean-François Samlong ;

à Jean-François Samlong, pour le partage de son expérience d'écrivain et pour son investissement dans la promotion de la littérature réunionnaise par le biais de l'UDIR, l'association qu'il préside ;

aux bénévoles de l'UDIR (Céline, Laëtitia, Sandra...) pour l'organisation d'ateliers d'écriture de grande qualité auprès de Jean-François. Ateliers qui m'ont permis de faire progresser mon manuscrit initial.

à Marie-Christine D'Abbadie et Marie-Jo Lo-Tong, pour leur soutien sans faille à la production littéraire réunionnaise et au livre en général au sein de leur institution respective, la Région Réunion et la DAC Réunion ;

aux Éditions J.C. Lattès/ Le Masque et aux membres du jury pour le tremplin qu'ils m'offrent au travers du prix du premier roman policier du festival international du film policier de Beaune ;

à mes lecteurs de la première heure et mes lecteurs du blog pour leur enthousiasme et leurs encouragements ;

à ma grande famille de cœur dont certains m'accompagnent depuis plus de 30 ans, à la famille des dodos (ma tribu) et à mon trio de Valdevell pour la confiance et l'amour qu'ils me donnent et qui me portent.

Composition réalisée par PCA

Impression réalisée par
Maury Malesherbes
pour le compte des Éditions J. C. Lattès
en mars 2019

LE MASQUE
s'engage pour l'environnement
en réduisant l'empreinte carbone
de ses livres.
Celle de cet exemplaire est de :
233 g éq. CO₂
Rendez-vous sur
www.lemasque-durable.fr

PAPIER À BASE DE
FIBRES CERTIFIÉES

N° d'édition : 01
N° d'impression : 235152
Dépôt légal : avril 2019
Imprimé en France